养老院宗旨

听取和满足每一位老人的愿望和需求,尽一切可能让老人过上毫无顾忌随心所欲的日子,实现享受人生的美好愿望。

那又怎样

エ・アロール それがどうしたの

[日] 渡边淳一 著
吴四海 译

青岛出版集团 | 青岛出版社

图书在版编目(CIP)数据

那又怎样/(日)渡边淳一著;吴四海译.-- 青岛:青岛出版社,2022.10
ISBN 978-7-5736-0452-1

Ⅰ.①那… Ⅱ.①渡…②吴… Ⅲ.①长篇小说—日本—现代 Ⅳ.①I313.45

中国版本图书馆 CIP 数据核字(2022)第 163380 号

エ・アロール　それがどうしたの by 渡辺淳一
copyright:©2003 by 渡辺淳一
Simplified Chinese edition copyright:©2022 by Qingdao Publishing House Co., Ltd.
This edition arranged through Chuzai International Co., Ltd.
All rights reserved.
简体中文版通过渡边淳一继承人经由株式会社中财国际授权出版
山东省版权局著作权合同登记号　图字:15-2017-237 号

NA YOU ZENYANG

书　　　名	那又怎样
著　　　者	[日]渡边淳一
译　　　者	吴四海
出 版 发 行	青岛出版社
社　　　址	青岛市崂山区海尔路 182 号(266061)
本 社 网 址	http://www.qdpub.com
封 面 绘 画	汪大文
书 名 题 字	吴四海
策　　　划	刘咏　杨成舜
责 任 编 辑	霍芳芳
装 帧 设 计	今亮后声
照　　　排	青岛可视文化传媒有限公司
印　　　刷	青岛双星华信印刷有限公司
出 版 日 期	2022 年 10 月第 1 版　2022 年 10 月第 1 次印刷
开　　　本	32 开(889mm×1194mm)
印　　　张	8.125
字　　　数	180 千
书　　　号	ISBN 978-7-5736-0452-1
定　　　价	55.00 元

编校印装质量、盗版监督服务电话　4006532017　0532-68068050
本书建议陈列类别:日本·畅销·文学

渡边淳一与吴四海

译者序

养老院,那又怎样

"望着老人们一张张爽朗欢快的笑脸,来栖热泪盈眶——这一年、这一遇和这份炽爱,真的就这么结束了……"译完最后一句,我合上书,往事幕幕。

认识渡边淳一先生应该是二十多年前的事了。

那时,我主持《中日之桥》节目,常去日本采访。只要知道我在东京,渡边先生总会请我吃饭,然后再到银座他的据点酒吧去喝酒。他为人豪爽、热情大方,吃饭谈事、喝酒谈心。看得出他喜欢在酒吧的自在,而我喜欢看他在酒吧的神态。

老渡(我和我太太都这么称呼他)有张大嘴,说话铿锵,笑声爽朗,但喜欢小口小口抿酒喝。他有双大眼,目光深邃,阅人无数,却总爱眯起小眼观察人。不得不承认,能与老渡交朋友谈心是件荣幸又愉快的事。所谓谈心,是指谈问题的核心,

1

他总能脱口而出、一语中的,让你击节叫好、茅塞顿开。丰富的医学知识,深刻的人性观察,犀利尖锐但语气温和,幽默有趣但绝非打情骂俏。特别是有关男与女、爱与性的话题,一严肃,就没劲了;一轻佻,就没品了。但是,唯有老渡让我这个做了二十余年访谈节目的主持人心悦诚服、敬佩不已。他是第一位能把"性"放在阳光下,与你谈得通透、讲得明了的人。不回避,不隐晦,更无淫秽龌龊之感。恰恰相反,本以为是谈性色变、欲言又止的尴尬,反倒被他带入坦荡纯净、豁然开朗的境地。记得二十多年前,他说要用长篇小说的形式,呈现一个人见人爱、充满人性至爱且让老人毫无顾忌、随心所欲、活得痛快的"养老伊甸园"。

抿一口酒,眯起双眼,老渡问我:"养老的核心问题是什么?"我揣度这可能又是一个老年人的性的问题。我直言不讳地回答:"我不喜欢养老院。因为,我不可能把我的父亲送进养老院,我也不相信有位护工会像我一样对待我的父亲。"也许是我对养老院的"偏见"和自命不凡的"高见"正巧与他创作题材的"所见"不期而遇,老渡睁大双眼,不解地追问:"你也懂养老?"

嘴上虽说不懂,但我心里明白,和日本人谈话,先把老祖宗孔子的话请出来,准能占得先机、旗开得胜。于是我说:"子曰:'今之孝者,是谓能养。至于犬马,皆能有养;不敬,何以别乎?'"所以,养老院的核心问题是敬。不知是出于对我随口道出了养老核心的惊喜,还是后悔没把这句子曰经典写进小说,老渡一反小口抿酒的常态,端起酒杯一饮而尽:"对,就是敬。敬你一杯!"那晚,我讲了我与父亲的故事。

就在认识渡边淳一先生的几年前，母亲过世后，我就把在复旦任教的父亲接来与我同住。我说："父亲从来就没跟我提起过什么叫养老。从我儿时记事起，父亲就是一个自律、自爱、自立和助人为乐、知足常乐、自得其乐的人，他会拉二胡、会吹笛子、会烧粉蒸肉，与我、太太还有女儿一起生活在同一屋檐下，给我们带来的是无限的温馨和愉悦，没有所谓养老的问题和麻烦。"老渡抿着威士忌，听我讲述在日本根本不可能发生的、近乎天方夜谭的故事。我说："我自己也没有因为承接了父亲的同吃同住而肩负养老重担的感觉。"也许是酒精作用，老渡把老眼眯得更细，不可思议地打量着我。我又说："父亲搬来同住的第一天，就把银行卡和存折往我面前一摊，说：'这些都没有意义，和你在一起才有意义。'在家，我替父亲洗澡、擦背、剪脚趾甲、理发……"此时，老渡原本眯成一条缝的双眼瞪得像两个黑芝麻汤圆，他打断了我的话："等等，你帮你父亲洗澡、理发？！"随后他举起酒杯与我一饮而尽……莫非老渡的意思是若早点认识我的话，就把这段细节写进小说了？

十几万字的长篇小说翻完了。八年前，老渡去世，我父亲是四年前离世的。死亡，不是生命的终点，被遗忘才是。去年，我起意翻译了老渡的《优雅老去》，一时成为话题，引起热议。我还在《新民晚报·夜光杯》和《文汇报·笔会》上发表了纪念文章。今年，我又完成了这本书的翻译，深深被小说里的人物情节和养老理念所感动。万万没想到，我所厌恶的养老院，在老渡的笔下被描绘成了人人向往、可爱无比的老年乐园。我甚至想在自译的基础上，自己编剧、自导自演这部电影。尽管中日两国国情有别，但尊老敬老、爱老护老的精神理念是相通相同的。至于老渡耿耿于怀、念念不忘的,现在谁都明白了,不外乎两句话:性,既不高尚也不可耻;性因爱而神圣,爱因性而美好。说白了,不就是这么简单吗?

若是老渡知道二十多年前对养老嗤之以鼻、不屑一顾的我竟翻译了他的这部作品,他该会眯起双眼、含笑九泉了吧……

吴四海
2022 年于上海

目 录

译者序
养老院,那又怎样
1

第一章　意外事故 / 1

第二章　风流先生 / 32

第三章　多情女士 / 54

第四章　激情电影 / 81

第五章　夫妻情缘 / 96

第六章　争风吃醋 / 123

第七章　自娱自乐 / 150

第八章　狂想曲 / 180

第九章　安魂曲 / 205

第十章　圣诞曲 / 233

第一章 意外事故

电话铃响起时,来栖贵文正躺在床上。

刚过十点,来栖还没睡。他的左胳膊上躺着身穿白色吊带睡裙的麻子。

铃声响到第三下,来栖才伸出右手去拿床头柜上的话筒,低声说:"喂……"

"是院长吧?"话筒里传来急促的声音,一听便知是护理主任小野洋子打来的。

"不好了!"

原本就是与年龄不符的尖尖嗓,今晚听上去尤其高亢。

"堀内先生倒下了,七〇一室的……"

来栖想起微胖油腻的堀内大藏的脸,有八十二三岁吧。每次碰面,总见他难为情地用手挠挠脑袋,一脸懿笑。

看上去挺讨喜的一张脸,却常常爱对女护工动手动脚。这事在工作会上还成了话题。

"可能是猝死。"

"意识和呼吸还有吗？"

"没了。"

"好，我马上来。"

来栖正要起身，小野主任又降低八度小声地说：

"院长，是那姑娘来报的案。"

"那姑娘？"

"就是应召的那个，院长同意的……"

听语气带有一丝责备。

"她说两人待在房里，他就突然死了，吓得她脸色惨白，奔过来了。"

到底是怎样的一个女人，来栖不清楚，但他记得自己半年前同意了堀内先生的请求，允许保健按摩女进堀内先生的房间。

"那女的还在吗？"

"她想回家，可我担心万一被警察知道了反而会搞复杂，所以叫她先等一等。"

"有数了。"

放下话筒，来栖轻吻了一下麻子的额头，翻身下床。

"你要出去吧？"

来栖一起身，麻子也跟着起来了。其实两人才躺下。看到来栖匆忙穿衣，她也跟着穿衣服。

"你接着睡你的吧。"

来栖很喜欢麻子穿吊带裙的样子。三十二岁匀称的玉体衬着白色吊带裙，有几分妖艳。

"不过，不是死了吗？"

麻子似乎听清了电话内容，在台灯的淡光里，不安地仰视着来栖。

"没事的,我马上回来。"

半夜来电匆匆出门的经历不止一次了。来栖身为医生,又是养老院的法人代表,夜间被传呼是家常事。

"要叫车吗?"

"我自己开车去。"

从来栖居住的隅田川水景公寓到"Et Alors"①,现在这时段十分钟就到。

"有事的话打你手机。"

五十四岁的来栖和麻子年龄相差二十二岁。每个周末吃过晚饭后,两人便住在一起,已成为习惯了。

"那我走了。"

灯芯绒裤子配开襟白衬衫,来栖一身休闲装,朝麻子挥挥手,麻子默契地点头回应。话不多、略显清高和坦然的麻子颇入来栖的法眼。

坐电梯下到停车场,他一把拉开藏青色轿车的门。欧宝车体型不大、转弯灵活,很适合在交通拥挤的市内驾驶。

从冷清的地下停车场走上路面,就看见夜空下泛着白光、横跨在隅田川上的 X 形拱桥。

今年东京的樱花三月底早已谢去。由于换季提前,虽说才入四月,却已是宛如初夏般热乎乎的夜晚了。

穿过 X 形中央大桥,再往前开就是东京站。站前路口左拐,

---

① 法语,此处为养老院名称"那又怎样"。

过几条街便是银座。

这一带老建筑多、行人少。就在街角,有一栋楼顶闪烁着 Et Alors 红色霓虹灯招牌的高楼格外醒目。

望见这霓虹招牌,大多数人定会以为这是一座豪华餐厅或者高级公寓,其实,这就是来栖一手经营的专为老人服务的养老院。

为让来访者明白 Et Alors 的含义,在大楼入口处,特意放着一张说明。

"Et Alors"是法国前总统密特朗回答记者提问时说的一句话。

当时,记者们发现密特朗有私生子后,纷纷质问此事真假。面对记者,总统仅嘟哝了一句"Et Alors?"(那又怎样?)。从此,记者们便不再追问。

《巴黎时报》的记者为此做了专栏讨论,后达成共识:只要不是贪污渎职,就对政客的女性交往情况不再追究。男女之事乃个人隐私,对此说三道四、大肆报道未免低级、庸俗。

此养老院就是为了让从工作和世俗的条条框框中解放出来的老人们能够自由快活地实现享受人生的美好愿望而建造的。

总之,"Et Alors"就是企业精神。

写这段说明的当然是来栖,以此语命名养老院的也是他。

社会上的养老院大多以"希望""爱""幸福"等字眼命名,但来栖不喜欢这类看上去煞有其事的招牌。

来栖要打造的是一个无论发生何事都能毫不动摇、实实在在地让老人们毫无顾忌、随心所欲地活得痛快的养老院。

有这份心,才有了这个 Et Alors,但能理解其中含义的人并不多。

来栖到达 Et Alors 时,已是晚上十点二十分。

Et Alors 地处繁华银座,靠近京桥,周边尽是商社、出版社、事务所等入驻的写字楼。不过,到了晚上这个点,写字楼都已关门,一片寂静。

唯有 Et Alors 所在的大楼闪亮在高楼森林中,充满着人间烟火的气息。其实,这楼有八层高,三层以下对外出租给公司办公,四层以上才是养老院。

来栖把车停在楼前,大步走进大楼右侧养老院的专用入口,上了电梯。二、三层不停,直达四层。一出电梯,小野洋子主任正等着他。

"请这边……"

养老院前台设在四层,在此换乘另一部电梯直达七层。出电梯左拐走到底就是七〇一室。

来栖一路小跑,推开房门、穿过客厅、直奔卧室。

背对房门的护士金子广美即刻回头。来栖朝她点了点头,来到床边。没错,是堀内大藏。他上半身赤裸着,腹部以下盖着大浴巾。

来栖戴上护士递来的听诊器,拿听筒贴到老人心脏部位,已无心音。再弯腰把脸凑近老人鼻尖,呼吸全无。

"人工呼吸?"

"做了,可我们来的时候就已经……"

护士缓缓地摇了摇头。

想必是心脏经受了剧烈冲击,人已死亡是确定无疑了。

心脏病突发一定很痛苦。还好,老人面容安详,看上去似在微笑。

来栖合掌,向死者鞠一躬后,转身问小野主任:

"那个女人呢?"

据主任说,死去的堀内和一个女人同在屋内。

而且,那个女人是从新桥叫来的保健按摩女,来栖也知道。

先前给来栖打电话时小野说的"院长同意的……"话里,明显带有对来栖同意这类女人进入养老院的不满情绪。

的确,让从事按摩业的女性进入独居老人的房间是会有问题的。

在每周一的全体例会上,多数女护工对此持反对态度,男护工也是。除办公室主任向来不表态外,年轻男护工也有反对的声音。

最大的理由就是,既影响了老年人的正常生活,也败坏了养老院的风气。

虽然来栖认为这些看法不无道理,但最后还是拍板做了决定。

"既然本人有意愿,应该给予支持!"

堀内先生虽如此高龄,但精力充沛,爱风流爱女人。

五年前死了夫人后,养老院一开张,他就入住了。从那时起,他就时常光顾保健会所。

他在大银行做董事多年,谁都以为他是个老实人,谁料他从高位退下后,就决意要自由自在、随心所欲地生活。由此可见,男人一旦从憋屈的桎梏中解放出来,本性就容易暴露。

当然,养老院外出自由,爱去哪儿去哪儿,没人过问。只是出门前有必要填写外出登记簿,写上去处、归期即可。

当然没必要如实写"保健会所",堀内自己更不会写。只是他与友人闲聊时无意中说漏了,显摆身体棒得还可以去那些地方而已。结果,话传话,传进养老院员工的耳朵里了。

"真是服了他们了!"

习惯地右手挠头,堀内虽然嘴上这么说,其实心里得意得不行。

就是这样的他,提出叫女人进他房间的请求是去年年底的事。

原来在一个月前,他外出时不慎摔倒,伤了右膝韧带。打那以后,因行走不便坐上了轮椅。

从来干劲十足、连感冒都很少得的他,自从坐上轮椅后,一下子背就驼了,脸也肿了,可谓老相毕现。

即便如此,他的风流本性不变,老而不衰,时常爱找女护工开玩笑,并乘机搞点小动作。

就是这么个堀内先生,突然提出有事要找院长。在院长室里,他还是那副难为情的嘴脸,笑着对来栖说:

"有件事,的确一言难尽。难道就不可以把女人叫进房间吗?"

乍一听,来栖以为指的是女性朋友。再一问,不是这么回事。

"从新桥叫来的……"

原来他说的是保健按摩女。来栖反问:

"她们肯来我们这样的地方吗?"

"当然啰,人家也是打工挣钱么,只要付钱呗……"

堀内先生相当有钱,来栖是知道的。

"不过,您这身体……"

"所以才来求您啊。"

他的意思是,再这样下去,身体已不行了,再加上心里不想,只会加快衰老。

"没有比这更好的良药!"

堀内的意思来栖当然明白,但是,若同意他的请求,养老院会出问题的。

来栖作为院长必须有所考虑。堀内先生缓缓地低下头恳求道:

"无论如何,拜托您了!"

Et Alors 的基本方针就是尽一切可能让老年人享受人生的最后时光,当然包括听取和满足每一位老人的愿望和需求。

违法的事情不做,其他的事尽量满足。这本来就是来栖创建养老院的初衷,所以对于堀内先生的请求,他没太多的犹豫就同意了。

他都已经叩头请愿了,同意一下不可以吗?

说白了,年老了多接触异性不是坏事。非但如此,有意识地注重打扮或肌肤相亲,不仅有助身心健康,而且还会使人精神焕发、容颜年轻。对于身为医生的他,这实属经验之谈。

而堀内之死却事与愿违。不,是不巧在与女人亲热的当头心脏病发作,也是碰巧。

就算要为这事承担责任,来栖也绝不推诿。

紧跟小野主任,来栖刚才一到位于七楼的堀内的房间,就看见一个女子耷拉着脑袋坐在客厅里。她看上去仅二十出头的样子,白衬衫搭配白色蕾丝边短裙,看上去并不像做保健按摩的。

也许目睹死亡心生恐惧,一见来栖进来,她就反弹似的站直身体、低下脑袋。

"别怕,别怕……"来栖一边安慰,一边用手抚拍她的肩,"让你受惊了。我是这儿的院长来栖。"

原以为会受到训斥,女子惊讶地抬头望着来栖。

正面打量一下这姑娘,褐色头发下的脸上化着浓妆,胸部丰满,眼里还依稀残留着几分天真无邪。

这老头喜欢这样的女人哪。来栖朝惊魂未定的女子点点头,安慰道:

"把你吓坏了吧?这事不是你的责任,放心吧。"

"请问,他真死了?"

"是,很遗憾,他好像心脏不好。"

来栖朝一旁的小野使了个眼色,示意她回避一下。毕竟事关男女隐私,女人在场不方便。

主任脸上透出一丝不满,转身离开了。目送她出去后,来栖先坐下,再示意女子也坐下。

"有几句话想问问你……"

女子双手放在膝盖上,垂着头。

"你叫什么名字?"

"莉香。"

"哪家店的?"

"……"

"不会报警的,请你如实告诉我。"

见莉香的表情稍稍缓和了一点,来栖进一步说道:

"我是医生,只不过想要了解一下老爷子死的真实情况。"

多少放心一点后,莉香低声地答道:

"新桥的,彩虹店。"

新桥这一带有这一类店,来栖是知道的,但店名是第一次听说。

"堀内去过店里好多次吧?"

"这个我不太清楚。"莉香总算抬起头正视来栖,"这次,是因为阿朋来不了,叫我来代班的……"

"这么说,那个叫阿朋的才是堀内看上的?"

莉香肯定地点了一下头。

"那么,你是第一次来这儿?"

"是第二次。"

据护工说,差不多每周会有女人来堀内先生的房间一次。

"那么,你具体讲一下,他当时是怎么倒下的?"

"……"

"简单讲讲。"

"我什么也没做,只是……"

莉香说到这儿,紧闭双唇低下了头。

所谓保健按摩,到底做些什么?来栖没去过,当然不知道,只是从年轻人那儿听说过。

据他们说,保健女只是躺在客人身边用手抚摸,并不发生性行为。当然,这时候,保健女近乎全裸,让客人饱饱眼福,偶尔也让客人触摸她们的身体。

无性行为、仅靠手工,似乎有点那个。不过,此类保健简单易行,不必担心得病,价廉人美,在没女朋友的年轻光棍中颇有市场。

莫非堀内先生也乐在其中?

不管怎样,要填写死亡诊断书,还需要写得更详尽些。

"这不是调查取证,只想请你告知详情。你进房间的时候,老先生好吗?"

"见到我特高兴,还一起吃了点心……"

来栖眼前浮现出堀内先生和差不多孙子辈的莉香共进点心时的情景。

"后来,他让我脱衣服……"

一个套房,明月当空,在自己的套房里,干什么都不必担心被别人知道。

"'啊,真是太美了!',看着我的身体,他不停地表扬我……"

听莉香的语气,她对老人好像并不那么反感。

"然后,他又摸又亲的……"

来栖想象着月光下的密室里"一树梨花压海棠"的场景。

"后来呢?"

"后来,他突然说难受,猛地抱紧我的双腿,把我吓坏了……"

莉香的窘境可想而知。

"我就拼命用手摩挲他的后背,看他实在难受得要死,所以……"

从叙述的前后情况来看,好像是突发心脏病。

Et Alors 的入住老人都要进行定期体检,可是,还没听说过堀内先生有心肌梗死的病史。

到底是因为心血管突发异常呢,还是之前已有轻微胸痛而本人却一直没在意?无论何种原因,高龄人士因心脏病发作而突然死亡的例子并不少见。

可偏偏是和保健女在一起时发作了。

"后来,他就不动了……"

"不,他说了一声'谢谢你!'。"

"临死前?"

"是!虽然说得很轻,但我还是听到了。说完,他就瘫倒了……"

"他死得可以啊……"

想象着死到临头的堀内尚能心生感激、口吐善言的样子,也许他死得不痛苦。

来栖再次想起刚才见到的那张安详的遗容。

"我没能救活他……"

"这可不是你的责任。"

遇上这样的突发事件,即便是医生也未必都能从容应对,更别提外行的年轻女子,做人工呼吸更不可能。

"这就是命吧。"

来栖自言自语道。莉香的眼皮微微颤抖着,她还没从老人在自己眼前猝死的恐惧中缓过神来。

"今晚的事,我不会对任何人讲,你也别讲!"

这时,小野主任从里间卧室跑来说:

"院长,遗体擦干净了。"

"好,我马上来。"来栖答道。

等主任离开后,他轻声问:

"你钱还没收吧?大概多少钱?"

这生死关头,谁还会想到要付她的出台费?

"不要了。"莉香急忙摇摇头。

来栖坚持:"该付多少就多少,你说吧。"

又催促了一遍,莉香这才怯怯地说:

"两万五千日元……"

"好。"

来栖从口袋里掏出钱包,拿出三万日元放在莉香面前。

对此行业,到底是叫"上门服务",还是叫"派送保健",甚至该付多少钱,来栖一概不知。偶尔从男护工们的闲聊中听说,按摩费是一万四五千日元,上门服务的话,大概还要算上打车费,会贵一点。

"收下吧……"

来栖催了一下,莉香呆呆地看着桌上的钱发愣,丝毫没有伸手的意思。

"这是你的劳动所得。"

"可是,我是那位老先生叫来的……"

在她看来,收取来栖的钱是不应该的。

"你别多想,我只是垫付而已。"

这点钱死者亲属会还吗?天晓得。来栖只是想对莉香尽力摩挲老人后背的善举表示一点谢意。

"快,快点。"

来栖再三催促,莉香微微低头致谢,收起了钱。

"找零五千日元,给您……"

"不用找,拿去吧。"

"这……"

没想到这年纪轻轻干所谓按摩行业的莉香竟是个懂规矩的女子。

来栖站起身来,用眼神命令道:

"就这样吧!"

莉香总算把钱塞进了红色小包包。

见她收好了钱,来栖转身离开了。

"请问……"莉香从身后追到走廊上。

来栖回过头来,莉香用手拢了一下褐色头发,说:

"可以去跟他告个别吗?"

"可以。"

来栖和莉香一起走到卧室,老人遗体已换上了睡衣,耳朵和鼻子里都塞上了柔软的脱脂棉。平躺着的老人脸色苍白无比,死相毕露,唯见表情温和。

来栖朝站在门口的莉香招了招手,让她进来。莉香向主任和看护点头示意后走到床边。

注视片刻后,她手挽着红色拎包双手合十。

主任和护士用无法理喻的眼光打量着莉香。

片响,莉香抬起头来,向遗体再鞠一躬后,转身朝门口走去。

来栖用目光追着她的背影,问主任:

"通知家属了吧?"

"是,他的儿子和儿媳现在在镰仓,说是马上过来。"

从镰仓到这儿估计最快也得一个小时。

"我告诉他们是猝死。"

"对的。"

说完,来栖走出房间。走廊尽头,他看见莉香正走向电梯口。

来栖赶紧几步追上去,莉香闻声回过头来。

"知道出口在哪里吧?"

莉香点了点头。突然,她哽咽地说道:"我闯了大祸,对不起……"

"没有！不是你的错。还好,最后一程有你送行,堀内先生也会高兴的。"

电梯门开,来栖对泣不成声的莉香轻声道：

"辛苦你了。"

莉香泪流满面地冲进电梯,电梯门关上了。

来栖再折回七〇一房间,对主任说自己回四楼办公室了。因为要写死亡诊断书,来栖翻开堀内先生的个人档案夹。此时,小野主任敲门入内。

"家属快到了,怎么跟他们说呢？……"

对于堀内的突然死亡,主任好像在担心不知如何跟家属说明。

"你不是告诉他们是猝死的吗？"

"是……是这样告诉他们的,可是那个女的……"

"不用提她。"

"不是,可住在隔壁的松井女士恐怕知道。堀内瘫倒之后,那个女的慌忙奔来值班室时,正好我也赶到,看到松井从门缝中伸出头来张望呢。"

"松井进堀内房间了吗？"

"没有,但她肯定知道屋里有女人。"

主任料到这突发事件绕不开这个女的。

"万一这事被家属知道的话……"

"知道也没办法。"

"您的意思是知道了也没关系吗？"

"当然最好不知道,不过,总不能对松井讲'你别说'。"

松井女士八十三四岁,是一位身材娇小、满头银发的老姑娘。

即便她知道有女人来过,也不见得会去告诉家属吧,当然不说为好。可是,特意叫她封口,万一被家属知道了,反而麻烦来了。

"不过,堀内的家人挺会来事的。"

"经常来吗?"

"不,很少来。去年年底来的时候,说了一大堆管理费太贵啦、别让老爷子和别人多交往的闲话。"

根据来栖以往的经验,越是不常来的家属,越是会对养老院设施提要求,横挑鼻子竖挑眼。

"我们没什么过失。"

"好,那就不告诉他们了?"

来栖点点头。主任叹气道:

"其实,我一开始就反对的。"

"我知道。"

来栖语气坚定。管你主任怎么讲,那是堀内本人自愿的。

"光明正大的就行了。"

主任默默地鞠躬后离去了。

办公室只剩来栖一人,看看时间已经过了十二点。

从接到堀内死亡的电话,已过去两个多小时了。

来栖想起麻子还在等他,便打去电话。

"情况怎样?"麻子好像还没睡,马上接了电话。

"没法子了。"

"已经死了吗?"

"家属马上就到,和他们打个照面我就回去。"

"我没什么事的。"

来栖停顿了一下,把堀内死时和保健按摩女在一起的事告诉了她。

"就因为女的吗?……"

"可能有关,也可能无关。"

以为麻子会诧异,没想到她语气稳稳地说:

"无巧不成书。"

"只是主任她们怨我,是同意保健按摩女入室才造成的。"

"那不是他本人要求的吗?"

"当然是,不过……"

"那没办法!"

麻子是《身心》健康杂志的主编,对此类事情见怪不怪,当然会站在来栖的立场上考虑问题。

"唉,命数已到,就这么回事。"

此时,电话铃响了,来电通知堀内家属到了。来栖说了句"等一下"便挂了电话。

来栖又来到七〇一房间,看见一位四十多岁的男人和一位年龄相近的女人,他们站在床边俯身打量着堀内的脸。

看样子是堀内的儿子和儿媳。许是匆忙赶来,儿子随意地穿着开襟衬衫,外面套了件夹克,妻子穿着驼色毛衣和西裤,脸上几乎没有化妆。

"这事太突然……"

来栖低头致歉,儿子早有准备地问道:

"父亲怎么会……"

"好像是睡觉的时候突然感觉胸口难受,等我们赶来时,呼吸已停止,估计是猝死。"

儿子回过头,再定睛看了一眼父亲的脸。

"可是,没听说他的心脏有这么严重的毛病啊。"

"没错,从我这里的病历卡上看,也只有血压稍稍偏高和轻微的糖尿病,其他都正常,心电图也几乎没异常。"

"那么,怎么会发生这样的事呢?"

"会的。最近,即便是年轻人也常会这样,更何况是上了岁数的老年人……"

儿子好像还是不能接受,倒是他的妻子镇定自如地给死者的脸盖上了白布。

"今晚用餐的时候,他还在食堂里跟大家有说有笑呢。"小野主任补充道。

告诉他们明天再办各种手续后,来栖再次向死者行一注目礼便离开了。

回到自己的办公室,来栖洗手、换掉白大褂、乘电梯下到一楼,穿过前厅左边的老年公寓专用通道来到大厦外,只见朦胧月亮高悬在楼顶之巅。

这是一个樱花谢去带着春暖气息的夜晚。

来栖一把拉开停在大厦前的轿车门,想象着莉香刚才也是从这里离开的。

四周一片寂静,丝毫没有身在银座的感觉。夜色中,唯见 Et Alors 的红色霓虹灯闪闪发光、分外耀眼。

来栖眺望了一眼霓虹灯,便钻进车里,穿过昏暗的后街朝隅田川方向驶去。

人啊,一个人已死去,而河川的风景却不动声色。烟火气的春暖、朦胧的月影、深夜的阴湿气,一切如旧。

边开边想,来栖的脑海里浮现出了父亲的面容。

要是还活着的话,父亲也和堀内一样正好八十三岁。

说起来,父亲头顶稀拉拉的白发、遇事不好意思挠挠头的举动还与堀内有几分相像。

况且,父亲去世时也似今晚,是樱花谢尽稍感慵懒的夜晚。

父亲去世已十年了。

来栖家以前曾在银座开高级会所料亭。

在关西料理众多的东京,来栖家开了少有的关东料理。尽管地处东银座边缘,但因风味独特,还有个不小的庭院,所以一直深受老客户的青睐。

然而,自母亲得病患上肝癌后,就无法在店堂工作了。父亲也彻底泄了气。

开料亭少不了老板娘,必须有女继承人才行。可来栖的妹妹范子早早嫁人,随在公司上班的丈夫一同去了纽约,完全没有继承家业的意思。

作为独生子的来栖当上了医生,结婚生子后却又离了婚。之后,能接替婆婆的媳妇还没上门。

结果,仅靠母亲一人支撑。但母亲病倒后,店面难以为继,此时料亭所在的东银座一带已不复旧日的繁荣,远不及西银座来得热闹。

总之,人算不如天算,时光不再,老江户出身的父亲深刻领悟后断然关了店。母亲一死,父亲的心也死了。他在店铺相邻的一栋房里,带着女佣开始了晚年生活。

从那以后,来栖一直以为父亲的生活无忧无虑。在母亲死后第二年,父亲来电约他吃饭。

父亲很少请他吃饭。来到筑地一家父亲预约的寿司店里,他看到父亲和一个女人。那女人看上去五十岁不到,和父亲相差二十多岁的样子,雍容华贵、性格开朗。

三人餐后的翌日,来栖往家里打电话,却听见父亲少有地含糊其词道:

"你觉得……她……怎么样?"

来栖一时语塞,不置可否。

父亲又问道:"要是结婚,合适不?……"

"是老爸吗?"

片刻沉默。来栖明知父亲有意和那个女人结婚,但不知该如何回答是好。

父亲似乎执意在等答复。来栖没多想,怎么想就怎么说吧。

"那,不合适吧。"

现在想来,来栖很后悔当时为何不直接表示赞成呢?!

的确,父亲的说法有些唐突,加上母亲才走两年,来栖是有所顾忌,但冷静一想,母亲周年忌都已过去了,为何不呢?打那以后,他时常看见父亲形单影只孤独的身影。

虽说父亲已年过七十,但考虑再婚也没有什么可大惊小怪的。

现在想来,那次父亲请他吃饭,还特意带来那个女人,就是希望得到他的赞同。可是,自己为什么不能当即说"老爸,好啊"的话呢?

"那，不合适吧"确是当时的真实想法，但这么说，并不等于坚决反对呀。

当时，他只是觉得七十多岁的父亲和相差二十多岁的女人不般配而已。谁料，这句话对父亲打击那么大。

如果父亲不顾儿子反对，执意和那个女人结婚，来栖也没有办法。只是生性耿直的"老江户"、爱面子的父亲从此再也没跟他提再婚的事了。

来栖以为此事烟消云散了，可父亲从那之后迅速衰老，一年后突发心肌梗死辞世了。

当时，来栖在东京都内的一家公立医院上班，偏偏是在去札幌参加学会期间，所以未能见上父亲最后一面。

身为医生，却未能守候病危的父亲，来栖深感愧疚。后来听女佣说，父亲很喜欢那个女人，真心想结婚，来栖更为自己当时的反对表态后悔不已。

"对不起，都是我的错。"

现在说什么，死去的父亲都听不到了。

这种歉疚感能以哪种形式给予补偿吗？

苦思冥想后，浮现在来栖脑海里的就是利用料亭那块地为老年人盖一家养老院，打造一个超越年龄障碍、空前自由惬意的老年圣地。

父亲的死和对父亲的愧疚造就了 Et Alors。

其实，来栖做梦也没想过自己会建养老院并当上老板。可以说，既是出于对父亲的歉疚，也可以说冥冥之中是父亲让他这么做的。

对于一介医生来说，要筹建如此巨大的工程谈何容易。恰巧父亲的土地遗产还原封不动地留在银座。

因要缴纳遗产税,他出让了部分土地,但余下的土地面积足够盖一栋高楼。

要是在房产鼎盛期,买家早就盯上了。不巧碰上泡沫经济,全是消极观望的买家,来栖自己也无积极打算。

这是一块承载着追忆父母的土地,他不忍拱手让人。某日,来栖突发奇想,能否在父亲遗留的土地上干一件让父亲含笑九泉的大好事?

这恰恰就是他想创办 Et Alors 的契机。

说来容易,做起来却困难重重。

且不说盖楼是生平第一次,经营养老院更是一无所知。

他找来法律法规、建筑建材,还有养老福利方面的各类书籍登门求教,一切的一切都是摸着石头过河,中途几度想甩手不干。

最终,全凭一心报答父亲的意念,他克服所有困难,完成了建造养老院的大业。另外还要提一个人,就是园山麻子。

有了基本构想准备实施时,来栖偶然读到一本健康杂志《身心》上连载的老年护理特集。因杂志内容详实有趣,他便去电编辑部想做进一步了解,接电话的正是麻子。

那是六年前的事了。麻子芳龄二十六岁,是杂志编辑,聪明干练、独当一面。

之后,一来二去,两人多次见面,并深入探讨养老院的运作以及存在的问题。不知不觉间,来栖意识到自己对麻子抱有好感,却又心生犹豫。

原来,来栖与麻子的年龄差与当年父亲和女友的一样,巧得很,都相差二十二岁。

说实话,当年父亲说想结婚时,一看女方比父亲小二十多岁,来栖是犹豫的。

年龄相差那么多会有好结果吗?可如今一想到自己的亲生父母年龄是一样时,反倒觉得有点奇怪了。

现实是,自己已不自觉地对小自己二十多岁的女性心生好感了。不,不只是好感,还有爱感。推己及人,自己还有什么老脸面对父亲?!

如此一来,想开了!来栖对于创建养老院的热情日益高涨。

要建一所——若父亲还活着,也会对他说"我也想入住"——养老院。

经过反复研究整体方案,来栖最终决定不申请国家补助和自治团体的津贴,尽可能民间集资或自筹资金。

纵观全局,他从其他养老院了解到,得到国家和自治团体的补助越多,受到他们的监督又倍感无助的打击也越多。并非吐槽这些组织机构,但尽可能地还是想独立自主、不受干扰地打造一个自由而独特的养老院。

理想归理想,现实是除了自备资金外,还需要向社会融资。

一般的做法是养老院向入住者集资,但来栖不想给老年人带来太大的负担。那种一次性支付两亿日元左右赞助费的超豪华老年公寓有是有,只不过住得起的没有几人。

来栖考虑的是只先收取四五千万日元的入住权,让老年人过上毫无后顾之忧的、优雅潇洒的生活。

最关键、最核心的结论是设施硬件固然重要,但服务软件才是重中之重。最好的大楼基建、设备配置、内部设施自不待言,但敬老、爱老、最大限度地满足个性需求、让老人们尽情享受自由欢快的晚年生活才是经营之本。

年纪越大人越固执,越不愿受约束。来栖建造的就是要让老人可以随心所欲、心满意足的养老院。

Et Alors 终于在五年前落成了。

养老院建在当时日本地价最贵的银座,媒体报道曾轰动一时。楼顶上的法语霓虹灯招牌 Et Alors 炫目耀眼,成了网红地标。

接待大堂设在四楼,摩登高雅、气度不凡,往里去是院长室、办公室、会议室、诊疗室和临时病房。另一侧有会客室、娱乐室、卡拉OK包房,以及配备各种康复器具和健身器械的健身房,还有老人躺着就能泡浴的宽敞浴室。

五楼到七楼全是套房,面积小的有四十多平方米,大的有六十平方米的三室一厅,宽敞又私密。

八层是食堂。银座街景一览无余。从东南角还可远眺隅田川和东京湾。

食堂配备专业营养师,既可全套自助,也可单点,各种口味应有尽有。食堂尽头是舞池酒吧,每到华灯初上,踏着怀旧金曲的旋律,几对白发翩翩起舞。

四楼前台可办理收发邮件、快递及留言、代办联系等,与宾馆并无两样。

入住签约时,只需支付两笔费用便可终生入住。一是"入住权益费",根据房间大小,从三千万日元到六千万日元不等;二是"入房服务费",每月支付包含伙食费和管理费在内的十五万日元至二十万日元。不管谁生病,来栖都负责问诊治疗。若养老院内无能为力时,他会负责将病人转入其他医院。

入住条件是除了在健康和性格方面有特殊问题的人以外,任何人都可入住。年龄须在六十岁以上,夫妇一对或单身一人均可。

如此规模的养老院,从设想设计到开工开张,来栖不知麻烦了多少房产经济师、税务师、会计师和律师,实在是纷繁庞杂,差点令他崩溃。最终支撑他完成大业的,全凭对父亲的满腔承诺。当然,麻子的内助也功不可没。

起初,要创建独一无二、前所未有的新型老年公寓的构想启发来自美国的养老院。

日本的所谓养老院总给人以昏暗孤寂的感受。普遍看法是人老遭人弃、身边没人照料的人才去养老院。而现实也是如此,谁把父母送到养老院,周围投来的眼光总是对不孝之子的鄙视。

的确,近十年来,全国各地涌现出了一大批特殊养护老人院以及低保养老院,花样翻新、设备完善。

但大多数入住者不是体弱多病就是生活不能自理,甚至痴呆,总抹不去"等死"的印象。

相比之下,美国的养老院里虽然也有行动不便的老人,但给人的感觉是那里充满着退休后的人们喜相逢、尽情享受"人生第二春"的欢快气氛。

养老院的建筑也特别雅致明亮,每间房内都摆放着鲜花,入住者看上去很阳光。名称也不叫什么养老院,大多命名为"退休之家"或"退休山村"。

付费方式也灵活,还有以月结算的,为的是满足那些先在佛罗里达住下,过几年再搬到夏威夷,随着气候变化享受风土人情的需求。

也许那是狩猎文化的遗风,可能不太适合日本这样的农耕文化。不管怎样,要创建一个让老人尽情享受、欢度余生的地方是来栖所想。

因此,来栖尤其注重保护个人隐私和尽量满足个人兴趣爱好。反言之,不能保护个人自由又怎能享受到真正的晚年幸福?

要创建比美国的养老院理念更新、具有划时代意义的养老院。

来栖的梦想似少年般不断膨胀起来!

超前理念、人性化经营和选址银座的优势使养老院大受欢迎。Et Alors 刚一开张销售,六十套房间就被一抢而空。认购者多是富裕人士,其中单身者占八成,夫妇占二成。

年龄上,有六十岁左右、从老年公寓直接走去上班的,也有几位八十岁至九十岁以上的,多数是七十岁左右的老人。

因地处日本第一繁华中心银座,不管是去歌舞伎座赏剧还是去银座购物,处处方便。华丽连衣裙、高级真丝披肩、优雅的和服,女士人人漂亮。男同胞也不示弱,时尚夹克、毛衣、鸭舌帽、礼帽,个个精神。

不说别的,光看着这些穿着打扮时尚高雅、成双成对地进进出出的男女,就仿佛是老电影里淑女绅士汇聚的光景。

然而,当初听说来栖想在银座建养老院时,几乎无人赞同。

大多数人都认为银座这地方不适合,太热闹烦躁,应该选环境清净、空气清新的郊区。而来栖却认为,老人应该住在市中心,这里交通便利,餐馆、咖啡馆、茶室应有尽有,最主要的是便于亲属子女探访。

来栖一向认为,老人需要刺激,适度的刺激可使他们身心健康、返老还童。越是住在安静、缺乏刺激的地方,越是容易衰老,头脑也越不灵活。这在美国也得到验证。在亚利桑那州,曾建造了一个只有老人居住的理想之乡,结果不出十年,那里的老人人人痴呆。来栖可不想重复别人的错误。

还有人称,银座这样的市中心空气不好,但空气不至于坏到会折寿吧。老人本已来日无多,最多也就二十年左右的光景吧。对他们而言,比起呼吸空气,更重要的是感受刺激的氛围。

来栖的理念、理想受到一致好评,入住者都很满意,这让他松了口气。但是,问题在于经营。来栖是法人,一方面有还贷压力,另一方面运营如此规模的老年公寓还需要配备相应素质的员工。

所幸的是入住者大都健康,虽无须配备照顾特殊老人的特级员工,但一般的护理工、办事员、临时工以及营养师、配餐师,再加上护士和理疗师等,就超过了二十人。

养老院不仅要养活这么多员工,而且还要满足老人提出的各种要求。

这方面,麻子帮了大忙。

护士和理疗师是来栖从医院系统里找来的,办事员和护理师是麻子从她熟知的几家养老院介绍来的。关于运营,麻子做了大量的实地调查,很有参考价值。

当然,此时来栖和麻子的关系已经超越了医生和编辑的缘分。

从此意义上讲,是 Et Alors 促成了来栖和麻子。

月色朦胧、夜色沉沉,来栖回到家,麻子穿着天蓝色睡衣迎接他。

"您辛苦了。"

方才虽目睹了一个人的死亡,但来栖并未感到伤感。虽为自己的冷淡冷漠感到惊讶,但这就是现实。

他脱了上衣和裤子,换上居家服,麻子沏来一杯茶。

麻子到来栖家过夜只限于周五或周六。每到这个晚上,来栖就感到内心踏实、心情愉悦。

这种模式已持续了两年。只要一周过半,他既心盼麻子,又心乱如麻。

来栖从未主动要求麻子来过夜,因为来栖明白,和一个女人共同生活,不管是同居还者结婚,都不适合他。

和前妻分手,并不是因为对她有什么不满,而是他对自己不能在婚姻的框架里彻底扮演优秀丈夫感到自卑。

离婚后,虽与几位女性有过交往,可一旦她们得知来栖还是单身,就会不自觉地过度干涉他的生活。

于是,只要对方出现一丁点想要结婚的蛛丝马迹,来栖便开始考虑分手。

即便结婚,也是重蹈覆辙,何必重复前车之鉴?

也就是说,来栖对结婚这一貌似幸福、形而上的结合嗤之以鼻。

何必非要结婚?自由自在,自由至死。就算孤独,谁的死不孤独?!

是来栖身为医生看惯了太多的死,还是生长在日本最繁华喧嚣的银座,看透了热闹是孤独的影子?!

在来栖看来,麻子是那种刚刚好、相处不累的女人。

从初次见面开始,麻子就无结婚的念头。并非她不爱来栖,但就这么淡淡的一点,令来栖心生欢喜。

他曾问过麻子:"为什么不想结婚?"

麻子干脆地回答:

"因为见过太多结了婚的男人。"

经她这么一说,也不无道理。

就算爱得死去活来,一旦结婚了,随着岁月流逝,情感就会流失,而丈夫有外遇、搞婚外恋的也屡见不鲜。与其说是讨厌妻子,倒不如说是厌倦了待在一起。时间一长,丈夫就又去追另一位有新鲜感的女人了。

与其依靠丈夫,不如依靠自己。先决定自己独立生活,再去适应这种生活,免得日后对丈夫感到失望、自己受伤害。

麻子不止一次说过"照顾自己一人就够呛,再来个老公,谁受得了?"。

她自己养活自己,不像那些靠丈夫挣钱养活的家庭主妇。

有次来栖开玩笑地问:"你真的一点都不想结婚吗?假如想,想找什么样的人呢?"麻子哈哈大笑:"饶了我吧。不过,有钱的话……"

来栖也跟着哈哈大笑。一句大实话,活脱脱一个现代女郎。

这样看来,自知不适合婚情的来栖和自认没有婚愿的麻子绝对是你情我愿般配的一对。

因看过死人,为了除掉晦气,来栖想喝一杯烈酒。

他从酒柜里取出了一瓶法国苹果白兰地,倒进高脚杯里,问麻子:

"喝吗?"

"来点儿……"

电话铃响了,又是小野主任打来的。

"院长还没有休息吧?"

来栖说正想喝酒,她才放心地说道:

"那对夫妇太可怕了。老人尸体未寒,还在床上呢,他们就从床边、书橱一直到壁橱里到处乱翻。"

据她说,他们在翻找现金和存折,想看看父亲留下了多少遗产。

不孝之子。找到金钱比找到老人死因重要得多。

基本如此,这类子女和不知从哪儿冒出来的亲戚都是败家子。看上去,丈夫像个循规蹈矩的公司职员,太太也很懂规矩的样子。

谁料,他们的父亲一死,就争夺遗产来了。莫非还有弟弟和姐姐,要先下手为强?

父子亲情天差地别啊。

"别管他们……"

来栖再次想起那个名叫莉香的女子,给她钱她还想着找零。

还是那个女孩对堀内先生好。

来栖没把这话说出口,一声"你辛苦了"就挂了电话。

"又有什么事吗?"麻子担心地问。

来栖点头说:"主任发火了。"

"是啊,是女人都会发火。"

"你也会?"

"嗯,会不会呢?"

"你一向宽容。"

麻子喝了一口白兰地,左右晃了晃脑袋。

"你可别大意噢。"

"Et Alors?"

来栖耸了耸肩。

麻子苦笑着说:"你的意思是'那又怎样'?"

来栖一把抱起麻子,亲了一口说:

"睡吧。"

从一开始被电话打搅到现在,已经过去两个半小时了。来栖上床后,麻子也脱去天蓝色睡衣,露出了白色吊带裙,躺了下来。

来栖搂住麻子示爱。麻子说:"等等……今天合适吗?"

"当然合适。"

在堀内死去的当晚做爱,堀内非但不会生气,看到来栖为他所做的一切,还会含笑九泉。来栖对此自我安慰地想着。

第二章 风流先生

樱花往往在突袭而来的暴风雨中散落,正所谓"花发多风雨"。点缀春天的樱花落得清净,常令人徒生哀愁。

特别是"年轮"老人,常因樱花落去的无奈而触景生情。

七〇六室的足立先生带着夫人去隅田川赏樱,望着烂漫盛开的樱花,他却流泪不止。

"这个人挺怪的。"

丈夫为何落泪,夫人不明缘由,反而心生诧异。后来再问,才知道丈夫一看到这么美的樱花,想到还能赏花几年时便怆然泪下。

足立先生今年八十五岁了,可能是因为两年前做了前列腺手术,对身体没了信心。此时,望眼美不胜收的樱花不由悲从中来。

和煦春光,樱花盛开。年轻人、中年人和老年人的年龄不同,观花感受自然因人而异。

即便当时感慨万千,可一旦樱花凋谢后,不出数日,人们很快就会忘却,又开始期待下一季的美景。

从连翘、多花狗木、海棠花、杜鹃、丁香到漫山生长的辛夷、黄梅、马醉木、樱桃,可谓百花缭乱、竞香斗艳。不论原野山谷,还是城市街道,一片花的海洋。

于是,人们对樱花的怜惜很快淡忘,转而又移情别的鲜花,这本身就是自然规律吧。

对于堀内的死,来栖和所有员工都深感震惊,但这事从人们的记忆中迅速消退正是因为又发生了新的事件。

第一件是堀内死后半个月里发生在立木重雄先生身上的事。

第一个向来栖报告的是咨询员小西由美子。

"发生了一件麻烦事。"

小西动不动就爱说"麻烦事",口头禅似的,来栖已习以为常。

"江波女士从六〇七室立木先生的房间里出来了。"

光听名字,来栖一时对不上号。小西详尽介绍道,是住在六〇七室的立木重雄先生,七十五岁。从他房间里出来的江波玲香女士七十三岁,住在七〇八室。时间是清晨五点左右,估计她在立木的房间里过夜了。

"有人看见了吧?"

"是值班的平田先生在巡逻时……"

平时他都是在五点过后巡逻,偏偏昨夜稍微提前了一点。

"他赶紧躲进走廊拐角,江波女士好像没发现他。"

也就是说,天还没亮时,一个女人悄悄地从男人的房间走了出来,而且是一个七十三岁的女人从七十五岁的男人房间蹑手蹑脚地走出来的。

听到这儿,自然会认为两人关系非同一般。

实际上,这两个人吃饭的时候也是同坐一桌,聊得很欢的样子。

话说江波玲香可是日本第一代空姐,眉清目秀、身材高挑,一向穿着讲究,比实际年龄显得年轻十岁。立木先生是民营电视台台长,已退休五年,鼻下蓄着白胡子,一副高个绅士派头,举止风流倜傥,对女士尤其亲切和蔼,仿佛动漫英雄"长腿大叔"。

不知从什么时候开始,这位"长腿大叔"和"一代空姐"成了共度良宵的关系,虽说意想不到,不过现在看来,倒是挺般配的一对儿。

"后来呢?……"

为这点事就大惊小怪的话,怎能胜任养老院的院长?

听来栖这么问,小西花容失色:

"又不是夫妻,怎么可以整夜待在一个屋里呀?"

小西三十二三岁的样子,以前做过时装销售,后来学习社会福利专业并取得了证书,跳槽来 Et Alors 工作的。因为初涉养老业,对各种各样的问题她都非常认真。也许还是单身的缘故,她对男女之事过于苛刻死板。

"再说,还是女的主动跑到男的房间里去……"

"说不定是男的叫她去的呢?"

"不会的,绝不可能。肯定是江波主动去的,她就是那样的人。"

小西说得这么肯定,来栖只能点头。

"那怎么办呢?"

来栖主张不干涉个人自由,这是养老院的原则。

"再观察一段时间再说吧。"

"那可不行!"

少有的强硬语气,来栖不觉抬起头来,小西断然地说道:

"那老太太准是被老头耍了。"

"喂、喂，可不能这么称呼人啊。"

Et Alors 规定，无论对方多大岁数，都不称呼"老头"和"老太太"，必须称呼其姓名。男性的话，比如称呼"立木先生"；女性的话，比如江波玲香，就必须称呼"江波女士"或"玲香女士"。

这是来栖去美国学来的。在美国，如果互不相识，你叫人家"老太太"，没人会理睬你。真这么称呼的话，人家会生气地说"我不叫老太太"，甚至有人会不客气地回敬一句"我可没有你这么个孙子"。

"老头"或者"老太太"只是旁人的外表判断，本人并不这么想。如果养成习惯，岂不是和管体弱的人叫"病号"、管个子小的叫"矮子"一样是让人不快的歧视性用语吗？若不知其名，就称呼"某某女士"或"某某先生"。

"噢，对不起。"

小西老实认错。

"那位立木先生还有老相好呢。"

来栖以为只是七十三岁的女士到七十五岁的男士房间里约会，难道还有情况？一般养老院的男女比例是三比七或二比八，女性占多数。在 Et Alors 里，男女比例三七开，也是女性占多数。

现在，男人和女人的平均寿命差不多有七岁的差距，女性远比男性长寿。加之结婚时男方通常大女方四五岁，丈夫先走、妻子还活着的情况比比皆是。

男士人少而占优，但前提是身体要健康。

立木先生确实艳福不浅，有一代空姐，还有另一位。

"这么说是三角关系？"

"何止三角？！说不定还是四角或者五角呢……"

立木重雄先生有人气,听得来栖心生欢喜。来栖心想,人气当然是越旺越好啊,不过,从小西的角度看,没他想象得那么美好。

"反正他爱献殷勤,见到资深美女就搭讪几句、帮个小忙什么的,很热情。"

说实话,来栖认为爱献殷勤、爱说好话是一种才能,看似容易,实则不易。尤其是年过七旬的老人尚能以献殷勤说好话为乐,何其了得?

"那就这样吧,没什么不好。"

"可他热情过头会让人产生错觉。"

来栖不清楚这位刻板的小西所说的错觉是什么意思。

"还有一位是谁?"

"是七一二室的桥本女士,您可能有印象。"

六年前当建筑公司老板的丈夫死后,七十一岁的桥本女士就一个人住了进来。

来栖想起了常着和服、端庄沉稳的桥本女士。难道端庄的外表隐藏着奔放的情感?

"她要是知道了这事就麻烦了。"

"立木先生也和她有来往吗?"

"当然,本来是和她走得很近。"

这么说,是一代空姐横插一杠。

"那有啥,恋爱交往本来就是自由的。"

"自由也得有规范呀。"

小西的语气依然生硬。

恋爱规范那可说不清。两人之间谁先谁后,用什么方式谁先表白、谁先下手,旁观者没人能搞清楚。要是连这个都要一一追究的话,那么恋爱本身就不成立了。

"那么看来,目前一代空姐走得更近?"

"您千万别把这事看得太简单了。今晚的事再发生一次,要是被桥本女士知道,她会病倒的。"

严重到那个地步了?作为院长,来栖该出手了。

"目前,还没问题吧?"

"有问题。她可认真了。总之,希望院长能提醒他一下。"

"你是说提醒立木先生?"

"他到处拈花惹草,太过分了。要是任凭他把女人搞得神魂颠倒而不去阻止的话,会全犯神经质的。"

"女的都来找你咨询吗?"

来栖以为所谓咨询师的职责就是了解入住者的经济问题、家属的关系以及财产使用、保管等并为其提供咨询信息。现在看来,连男女交往都要负责接待,可见问题不小。

"被人喜欢的感觉大概不错吧?"

"仅喜欢就好啦,他还向女士求婚了呢。请院长提醒他,注意一下言行为好。"

都七十五岁的老男人了,难道还有必要忠告他别与女士交往?这未免太可笑了。

"你说的我明白了,我考虑一下。"

来栖敷衍了一句,让她先回了。

身为院长,从经营管理到人事组织,各种杂事琐事都要管,加之作为医生还要负责给老年人体检,来栖几乎没闲着的时候。

尽管如此,来栖总是尽一切可能在公寓内巡视,多和大家接触。

自小西咨询员汇报的第二天,来栖特地选在晚餐时间去了八楼食堂。

考虑到老人们的就餐习惯,食堂每晚六点开饭。来栖到时已是六点过半,一半以上的餐桌都坐满了人,很是热闹。

来栖和小西并肩走在餐桌之间,大家纷纷转过头来致意打招呼向他问好。

有两人一桌的,有夫妇一对的,也有四五人一桌的。女人一桌叽叽喳喳热闹非凡。三个老男人一桌则默默闷头吃饭。男人似乎不善聊天,就餐时也一样。那边一桌,女士和身穿校服的女生是一桌,该是奶奶和前来探望的孙女共进晚餐吧。女生把自己点的意大利面分成两小碟,奶奶眯眼看着喜上眉梢。

Et Alors 地处银座,不仅位置好、景观好,而且菜式也丰富,所以人人爱来八楼用餐。

每到一桌,来栖必与每一个人打招呼,平等对待。他一边移步往里走,一边热情地寒暄:

"您看起来气色很好啊。"

"菜合胃口吗?"

"多吃点啊。"

他的目标是去立木先生的餐桌。

来栖顺着小西眼色示意的方向,瞧见窗边一桌坐着一位男士。从侧面看到白色胡须便知是立木先生。

"您看,今天也是和三个女人……"

四个桌位中立木坐外侧,三个女人围着他。

一人独占三花魁,总是引得旁人侧目、颦蹙不悦,但立木先生视而不见、旁若无人。这份笃定洒脱,令来栖叹为观止。

见来栖走近,立木先生立马举手招呼,示意"请来这边"。

这种反应和机敏哪像是七十五岁的老人?就凭这一点,足以招人欢喜。

来栖点头回应:"菜怎样啊?"

"非常好吃啊。"

抢先回答的是坐在立木一侧的一代空姐,她身穿浅驼色连衣裙,外套白色开襟毛衣,挂到胸前的金项链闪着金光。

二人对面坐着桥本女士,依旧一袭端庄和服,胸前挂着一块手绣花色餐巾。与她并坐的是七〇四室的樋口直子女士,年龄约莫七十五岁,穿着刺绣针织套裙,颈上一条粉红丝巾。

无论如何也不敢相信眼前的艳丽盛装一幕是在养老院的食堂一角。

"您是江波女士吧?"来栖招呼"一代空姐"后,对"和服大姐"说,"您是桥本女士吧?"最后向"丝巾小姐"问道:"请问您是……?"

"我姓樋口。"

三个女人中,她长相最富态,细细端详,她可说是相当漂亮。

"美女围绕,您真让人羡慕啊。"

"托您的福啊。"

"您喜欢吃肉?"

来栖看见立木先生面前的盘子里有沙拉和烤牛肉。

"这里的肉很嫩,好吃。"

上了岁数爱吃肉,精力充沛的原动力。

"院长您瞧,今晚的月亮多美啊!"

来栖望向窗外,一轮明月高挂在两座大厦之间,远处是闪烁着蓝白光带的彩虹大桥。

"要是能在这么美的月光下散步,该有多好啊。"

立木先生说着,轻声哼起了歌。

"月光如水……"

"吃完就去散步吧。"

来栖说完,四人愉快地齐刷刷点头。谁说有问题?没觉得哪儿不对劲啊?恰似月光如水、平静无痕。也许男女无论年纪多大,爱永远是静悄悄的。

巡视食堂后的第三天,小西咨询员又来了。

"又是麻烦事。"她的固定开场白,"从那天以后,麻烦闹大了。"

"据说,那晚四人共餐是江波女士存心安排的。"

"存心?"

"那天,江波女士叫桥本女士和樋口女士一起吃饭……"

来栖记得立木先生和江波女士并排而坐,对面是桥本女士和樋口女士。

"当着她俩的面,江波女士说自己盘子里的烤鱼好吃,叉起一块就送到了立木先生的嘴里,再叉起一块立木先生盘里的牛肉塞进了自己嘴里。还拿出手绢帮立木先生擦去粘在嘴角的鱼屑。"小西很无语的样子说道,"她是在炫耀自己和立木先生走得很近。"

"是存心的吗?"

来栖想都懒得想。

"晚饭后更麻烦了。"

据她讲,餐后四人一起去了食堂里面的小酒吧。桥本女士和樋口女士被江波女士强拽去了。

"她们都能喝酒？"

"江波女士去过很多国家，是位红酒通。桥本女士以前常陪丈夫喝酒，樋口女士也很喜欢喝葡萄酒。"

"立木先生呢？"

"喝啤酒都脸红，酒力一般，可他就喜欢热闹。"

三位酒仙女与一个酒醉男的故事，来栖反倒来兴趣了。

"后来呢？"

"二人还跳起了舞……"

"是立木先生邀请的吗？"

"开始是江波女士邀请立木，后来立木先生也邀请桥本女士、樋口女士。"

都快喝醉了还能清醒地平等对待三位女士，不愧是风流绅士。

"第二次他请江波女士跳的居然是贴面舞。"

"当着她俩的面？"

"酒吧里还有其他人呢，大家全看呆了。"

来栖无法想象。

"据说桥本女士和樋口女士看不下去，默默离场了。"小西继续说道。

这么说，江波女士的存心安排初见成效了。

"她有点过分。"

小西明显露出不快。来栖倒觉得男女交往用点计谋天经地义。

江波女士的确有手腕，现在的年轻女孩都做不到，也许年纪越大勇气越大。

"真有两下子。"

"您可别说风凉话哟！从那晚上,桥本女士就卧床不起了。今天也没食欲,一直闭门不出……"

"先让她安静休息一阵再说吧。"

"劝了好多次了,就是不肯吃饭。"

男女情感,即便是华佗再世,也无良药可救,更何况一介医生。来栖想这么说,又恐招致不满。

"立木先生在干什么？知道她受刺激病倒的事吗？"

"据说第二天,他去看望桥本女士了,可桥本女士没搭理,连门都没让他进。"

"他是去道歉的吗？"

"他好像也没想到江波女士会对自己这么上心。"

从这个意义上讲,立木先生可能也是受害者。归根结底,大家都被江波女士的举动搞晕了。

"请您先给她看看病吧。"

得的到底是什么病？只要本人要求,来栖当然在所不辞。

第二天午休后,桥本女士随小西咨询员来到诊疗室。

虽然身体不适,但桥本依旧打扮得体,蓝灰色的鲨鱼纹和服,系着名古屋腰带。

一进诊疗室,她恭敬鞠一躬,然后坐在来栖面前。看她的气色,相比四天前略显憔悴,也瘦了一圈。除眼睛四周和脖子上有些许皱纹,几乎没有老人斑,面容端庄、气质不凡。

毕竟是富裕人家出身,一副养尊处优、没吃过苦的样子。

来栖佯装不知情地问："最近没食欲吗？"然后,拿起她的左手搭脉,脉象清晰,一切正常。摸颈脖两边的淋巴,再用听诊器听心肺,也无异常。

"一切正常啊。最近有什么烦心的事吗?"

桥本这才有气无力地说道:

"感觉有点累……"

来栖点点头,又给她量血压。以她这年龄,血压有点偏高。

"有什么劳神的事吗?"

她摇摇头。

"也没什么事,就是打不起精神……"

"打不起精神"是什么意思?大不了缺了一块精神支撑而已。可见并非身体有恙,而是精神上失去了依托。

"有什么事让您特别担忧吗?"

夫人犹豫一下,说道:

"没什么。"

左思右想不可告人吧。事出有因,对立木先生有意,与江波女士不和。

"晚上睡眠呢?"

"不太好……"

夜里做梦也想着立木先生和江波女士的亲近举动,那岂不太可怜?既然立木先生友情来探望,何必不开门呢?养尊处优又自命不凡,表面强硬、内在虚弱。

"开点安眠药,睡不着的时候吃。"

"好的。"桥本心情稍好一些,爽快地回答。

"保险起见,请再验一下尿和血,一出结果就通知您。"

三天后,检查报告出来了。

肝功能、肾功能正常,血糖虽稍稍偏高,但仍在正常值上限内,心电图也无异常。

只是颈椎稍有变形、稍有骨质疏松,考虑到她七十一岁的年纪也属正常,算不上是病。

无病呻吟,医术再高也爱莫能助。

做完检查,来栖问小西:

"她的儿孙辈呢?"

"有两个儿子,一个在纽约,一个在大阪。她跟我抱怨多次,男孩都这样,再多也跟没有一样。"

"亲戚朋友呢?"

"好像没什么朋友……"

她确实不像是外向型主动交朋友的人。

"给她送束花吧。你看怎样?"

"以院长的名义?"

来栖倒是无所谓,万一有人知道,反而麻烦。

"就说是你送的吧。"

"买什么档次的花呢?"

"贵一点的。回来发票给我。"

与萎靡不振的桥本女士相反,江波女士的精神可好了。

玩点心机拿下立木,确保了二人世界。食堂用餐,顺理成章;卡拉OK,男女对唱。身穿皮夹克、头戴鸭舌帽的立木先生与身着华丽连衣裙、搭着紫藤色披肩的江波女士整天成双入对的,简直就跟外国电影里的摩登夫妇一样。

江波本来就身材高挑、眉清目秀,化妆也一丝不苟。

每周一次在公寓里举办的美容讲座她从不缺席,还常去银座的美容院做头发,所以看上去比实际年龄年轻漂亮得多。外形变美,内在滋润,平添一分妖艳。

怪不得爱是医生都开不出的处方药——"由内而外的化妆水"。

立木先生越老越帅,和江波女士越来越般配,但他时时表露出一丝难为情,不知是男性特有的害羞,还是因为背叛了贤淑的桥本夫人而感到内疚?

毕竟,老人思想守旧。养老院有人冷嘲热讽,都这么大岁数了还这样。也有人明显给他俩脸色看,比如在食堂,只要二人坐到邻桌,他们会立马起身换桌,不敬且远之。

不过,他俩视而不见、我行我素。

"那么有女人缘,立木先生是不是很拽啊?"

"拽是拽,不过最近有点衰。"

据小西咨询员说,最近立木先生的人气衰落了。

原因是桥本女士一直拒绝立木先生,樋口女士见他也装作没看见。其他对立木先生抱有好感的女士们也纷纷疏远他了。

"只因被江波一人占有吗?"

"太如胶似漆了。"

可见,要让所有人都喜欢是件难上加难的事。你好我好,大家都好,而一旦和特定一人好起来,就会失去所有人。

"哈哈, all or nothing(全有或全无)吧。"

"反正,立木先生的人气没了。"

"是不是所有人都吃他的醋啊?"

"那倒不是,因为大家看透立木先生了,他不过是个好色的男人。"

"那也没什么不好啊？"

来栖暗自思忖，不光是立木，自己和天下的男人不都一样喜欢女人吗？但是现在他只想缄口，不争不辩。

小西再次跑进院长办公室，是汇报立木先生和江波女士半个月来的进展情况。

"江波女士说她想和立木先生结婚。"

这一步果然来了，来栖料事如神。

"她昨晚来找我谈了。"

"立木先生也找你了？"

"他没直接跟我说，估计相同吧。"

"两个人的家庭背景你了解吗？"

"江波女士三十年前就离婚了，立木先生的妻子也在十年前去世，这方面没问题。"

对于养老院入住者之间的结合，来栖从来不存异议。相反，他衷心希望能看到成对的幸福老人。

"他们都有子女吗？"

"江波没有，立木先生好像有一双儿女。"

以前有过类似情况，大多数子女都反对父母再婚，诸如"都这么大岁数了，还结什么婚呀""也不考虑考虑自己的年龄""多难为情啊"，从不为父母着想地横加干涉。

来栖自己也曾反对父亲再婚，让父亲失望过。所以，他自知没资格指责别人。

那些反对父母再婚的子女们的想法也很自私。只从自身的利益和感受出发,甚至从生理上感到很排斥,说一想到两个老人亲热的样子就感到恶心。

出于对亡父的愧疚,来栖不这么认为。

他更想祝福他俩,也希望员工们都热眼守望。

小西别有用心地说:"那个……他俩还能做那事吗?"

虽然措辞很暧昧,但来栖明白她指的是性生活。

"这个嘛……"

无论男女至死都有性的需求,只是个体存在差异不同而已。

单身的小西咨询员似乎对性不甚了解,似乎还有些偏激。其实人无论多大年纪对性都有需求,这再自然不过。而且,有性生活的人不仅看起来年轻,而且身心健康。

来栖成人之美,希望立木先生和江波女士心想事成。

突然,有一对夫妇来到了老年公寓。

通过咨询员介绍,是立木先生的独生子立木文彦夫妇。文彦在大手町的一家银行工作,四十五岁左右,中规中矩的模样。

"突然冒昧打扰,不好意思。"

文彦先生说着坐到来栖面前的椅子上。高个、浓眉、眼角下垂,酷似他父亲。

"家父一向承蒙关照,非常感谢!"

一旁的夫人也跟着鞠躬致谢。她身穿长裙,配同色系外套,束高腰皮带,一看便知是位能干的夫人。

"院长可能也听说了,家父说要再婚……"

果然为了此事而来,来栖点点头。

"这事,家人经过认真商量……"

文彦瞅了一眼妻子,断然地说:

"不想让这事发展下去……"

子女反对父母再婚是常有的事,尤其到了像立木先生这样的高龄。

来栖明白自己没资格去评说。

回想十一年前,父亲跟他商量说想要再婚时,他也没表示赞成,那时父亲七十三岁。眼前这对立木父子,与当年的自我情形何其相似。

"你们是反对?"

"父亲都这么大岁数了,没必要再婚。"

"是反对父亲再婚,还是反对与那位女士再婚?"

夫妻俩一时疑惑,相互对视。

反对父亲再婚的理由有两种:一是反对结婚这桩事,另一种是对女方不满意而反对。

"那位女士过去是空姐,长得漂亮,性格又好,我觉得和令尊很般配……"

二人低头不语。过了一会儿,儿子慢慢抬起头来。

"我觉得是家父配不上人家,他都七十五岁了。"

"正因为如此才想结婚。"

别人的婚姻和自己无关,本不该介入。说到底,是当事人的事,应有当事人自己解决。

对父亲的愧疚,来栖仿佛在自我恕罪。

"令尊结了婚,你们不是可以放心了吗?"

"我妹妹也反对父亲再婚。"

看来立木先生现在四面楚歌、孤掌难鸣。

"那么,令尊结婚会给你们带来什么麻烦吗?"

"那倒没有。我是说,保持来往也可以呀,为什么非要结婚?"

"公公有心上人,一点问题也没有……"

夫唱妇随。来栖脑子里忽然冒出一个念头。

莫非反对的背后是担心遗产分割?

立木先生曾在报社总部任主管,后又调到该报社所属的电视台当台长,即便不是私企老板,不会发多大横财,但毕竟位高权重,也拥有一些房产和相当数额的存款。

要是再婚,这些财产理所当然会被江波女士分割。也许这一点,夫妻俩有所担心。来栖能理解他们的心情。

再婚后还能活多久?反正不会太长。这么短时间就能继承一半遗产,这让他们无法接受吧。

但是,管你子女怎么想,想再婚的是父亲。立木先生头脑清楚得很,难道他不明白自己一半财产会给江波女士?

应尊重本人意愿,子女无权干涉。就算再婚夫人得到遗产,那又怎样?本来就是父亲积攒下来的,和子女没有任何关系。

来栖虽这么想,但作为第三者,还是尽量避免介入为好。

"既然令尊想要再婚,那就顺着他好了。"

"那不行,我们不同意。请院长无论如何帮忙说服父亲,好吗?"

"很遗憾,我无能为力。"

来栖坚定地摇摇头。他脑中浮现出堀内死去的当晚,儿子赶来公寓四处翻寻的一幕。

"这件事还是请你们自己去商量解决吧。"

借院长之力企图拆散黄昏鸳鸯以失败告终。

来栖是不会听家属的。说他坚持原则、坚守信用未免过奖,但他尽可能保持中立,尊重每一个人的意愿。

第二天工作会议后,来栖也就这个问题征询大家的意见,赞成他看法的占多数。

有位年轻女护工干脆表态,江波女士愿意嫁给快七十五岁的立木先生,分一半财产理所应当。这女孩儿刚工作一年多,今年二十三岁,她想表达的意思是资产是青春的代价。

小西咨询员则认为,江波女士嫁给了立木先生不应该得到遗产。理由是她自己也七十三岁了,又是主动找上门的,能得到一点爱就该满足了。

还有人认为,都这么一大把年纪了,干吗非要结婚呢?真是无法理解。有的女士反驳说,就因为立木先生太风流了,不结婚的话放心不下。反驳者也不示弱,那得看江波女士是否管得了立木先生。

众说纷纭,莫衷一是。这充分反映了各年龄段的思想差异和个人偏好,对于来栖和职员们来说,也是一次相互学习、增进了解的机会。

总之,今年开春,堀内的突然离世有点晦气。若是养老院里有婚事冲喜,那该多好。

大家达成共识,共怀成人之美之心守护二人。

樱花比往年早开了一个星期。原以为天气转暖便入初夏,谁料,四月中旬突来寒流。五月后,阴雨连绵,犹如入梅。结果,六月一到,已是火辣辣的大太阳当头照。

天气,乍暖还寒。人心,风云突变。

江波女士和立木先生成婚在即,不仅当事人如此认为,周围人也都这么认为。

"发生了麻烦事",永远这么开场白的小西咨询员这回却换成了"太让人震惊了"。

"立木先生从桥本女士的房里走出来了!"

"什么?什么?……"

来栖一下子没反应过来。

他给卧床不起的桥木女士开过安眠药。

"从房间里出来并不能说明什么呀。"

"最近两人经常聊天,还在食堂共进晚餐。"

"他不是就要和江波女士结婚了吗?"

"是啊,所以才想善始善终地跟桥本女士聊一次吧。男人怎么这样呢?"

来栖一时无语,难以回答。

"立木先生能说会道,多半是花言巧语,比方说,其实自己根本不想结婚,是被动的,我心依旧……"

小西描述得那么逼真,就像她目睹了似的。

随你小西怎么想,来栖心里仍很乐观。

人到黄昏仍想结婚,多不容易的事啊。来栖思忖他俩定会和好如初。

然而,江波女士仍旧不让立木先生进屋,见面也不说话。桥本女士略显精神一点,但好像仍心有余悸。

江波女士觉得,既然已经约定结婚,何必再去找前女友?无法原谅。桥本女士看来,立木先生已与江波女士眉来眼去、交往甜蜜,又何必再来叙旧？绝无可能。结果,立木先生像老鼠进风箱一样两头受气。

话又说回来,立木先生即便进了桥本的房间,但也只是在大白天,是不是过于敏感了？

"反正江波女士现在开始去银座泡吧了。"

"泡吧？"

"就是那种小酒吧,有帅哥调酒师。"

"她常去？"

是想不开,还是想得开？

"那么,立木先生呢？"

"怪寂寞的。"

来栖有些担心,可又无从下手。

前思后想,来栖的结论是一切情感全在个人感受。也许立木先生没什么错,多情又何妨？

一个星期后的某天傍晚,来栖在前台偶遇立木先生。他一人站在大堂,还是那身打扮,头戴鸭舌帽,穿着皮夹克。

看见来栖,他好像有些不好意思。来栖主动搭话。

"最近好吗？"

"谢谢,很好。"

"出门吗？"

"是。去歌舞伎座看剧……"

歌舞伎座离这儿不远,走着就能到。来栖本想问他看什么剧,只见立木先生眼睛盯着电梯,无意搭讪的样子,来栖随口"好,就这样"便走开了。

正在这时,电梯门打开了,走出一位身着西式套装的女士。

来栖后来听说,她叫津田爱子,住在七楼,以前在出版社当编辑,虽然七十有三,但短发齐耳,看上去依旧风采迷人。

立木先生继续特立独行,享受着他的生活。

晚上,来栖约已有一周未见面的麻子吃饭,聊起了立木先生。

"我觉得,有种人不结婚才对。"

麻子说得很干脆,她本来就不想结婚。

"这下他的儿子儿媳该心满意足了。"

但来栖还是希望吃到他俩的喜糖。

"好不容易都谈到婚事上了。"

"不结婚多酷啊。"

这是互联网一代的感觉,还是麻子的个人想法?

"这汤很鲜美。"

麻子用汤匙盛汤,中指上戴着白金镶钻戒指,这是两年前麻子过生日来栖送她的。不想结婚的麻子恐怕也不会戴到无名指上吧。来栖想着,轻声自语:"不结婚很酷吗?"麻子停下手里的汤匙点点头。

"不结婚更自由。"

也许更自由,但并非所有人都能想得通、做得到。

来栖诧异地望着麻子,她若无其事地把面包撕成两片。

"让他们随心所欲、想干什么就干什么吧。"来栖轻声说道。

麻子接着说:

"这不就是 Et Alors 吗?"

"对,就是 Et Alors!"

来栖拿起高脚杯,自言自语道:"那又怎样?"

第三章 多情女士

"有件事要向院长汇报。"

六月中旬,立木先生的事刚告一段落,理疗部的川端部长表情凝重地走进院长室。

"怎么讲?"

来栖刚和办公室主任开完会,正喝着咖啡。

"七〇一房间的冈本杏子女士您有印象吧?"

光听名字来栖一时对不上号。川端部长意识到了,立刻递上她的档案。

冈本杏子出生于东京,年龄七十一岁,丈夫是某著名商社的社长,八年前去世了。她丈夫在财界名气很大,曾是日本经济团体联合会的官员,她也常跟随丈夫周游欧美。

她也是公寓一开张就签约入住的,住在七楼,是面朝东京湾、观景最好也是最贵的一间房。

"就是去年年底,右脚脚踝骨折的那个人……"

"哦,是她呀。"

这么一说,来栖想起来了。去年年底,她从银座的餐馆出来,没留神台阶,一脚踩空,结果右脚脚踝骨折了。

所幸是小腿外侧的脚踝部分,石膏固定一下即可康复。

毕竟上了年纪,骨头没那么容易对接,行走只能靠轮椅代步或撑拐杖,人也瘦了很多。

一个半月,拆去石膏后右腿变细,不仅脚踝,而且从膝盖到股关节都不灵活了。为此,她常去理疗室按摩或进行水中训练。

"问题是疗程已结束了,可她还来。"

常有预约该来却偷懒不来的患者,哪有不用来却坚持要来的?!

"按摩按上瘾了?"

"不是这么回事。"

川端部长面显苦涩:

"冈本女士好像看上理疗师了。"

"看上?什么意思?"

"告诉她不用来,可还来,而且指名要藤谷。"

理疗室里有川端部长等十二名理疗师,每人负责几名患者,鲜有患者指名要理疗师的。

即使医院的按摩及康复训练理疗,也只做规定疗程,做完结束。

来栖的 Et Alors 实行人性化操作,只要患者本人有意愿,即便疗程结束,理疗师也不会拒绝。

有人没病也每天照样去大浴室里做水中理疗,也有人只要稍有腰酸腿痛就来做按摩。

按理疗程之外的按摩需个人付费,但考虑没必要斤斤计较,因此算作服务费打包免费提供。

要是因喜欢年轻的理疗师而每天都来按摩,那就成问题了。把"理疗"当"恋聊",理疗室变幽会室,成何体统?

"明说不用来不就行了吗?"

"没用。今天说腿疼,明天说腰酸。"

"让其他人给她按摩。"

"也不行。她说其他人的按摩力度不够,没效果。"

"另外收费吧。"

"更没用。"

冈本杏子女士有的是钱。

听了川端部长汇报后的第二天,来栖去了理疗室。

下午是女士专用的理疗时间。浴室里,八十五岁的松冈女士躺着泡澡。健身房里,有位八十多岁的女性在跑步机上慢走。

训练器械旁的椅子上坐着冈本杏子女士。藤谷理疗师正在给她做脚摩。

见来栖走到跟前,杏子女士吃惊地抬起头:"哟,院长。"

"腿恢复得怎样了?"来栖问道。

杏子女士嫣然一笑,说:"谢谢您关心,好多了。"

来栖这才发现她把部分白发染成了紫色,还化了妆,口红也涂得鲜红,金耳环闪闪发光,连衣裙华丽富贵,粉红珍珠指甲油亮晶晶。

瞧这身打扮,哪儿像是来理疗的,分明就是去银座或赴宴"撩人"的。

"藤谷先生的手法真好……"

听到自己的名字,藤谷不觉紧张起来,老实巴交的样子很讨人欢喜。

"真是太感谢了。"

这么一说,来栖无言以对。

"我来看看……"

来栖在藤谷理疗师旁边蹲下来,手握脚踝查看。

"哎哟,院长……"

杏子女士忙缩回腿,拽住裙子的下摆。

杏子女士涨得脸通红,像个情窦初开的少女般羞涩。这倒让来栖不知所措起来,他一边摁着脚踝,一边问:

"骨折的地方是这儿吧?"

轻轻一摁,她就"啊"的一声。

"疼吗?"

"有点疼……"

她缩回脚。从外观上看,既不浮肿也没热感,肤色也正常。

"很好了。站起来走几步。"

杏子女士求救般地瞟了一眼藤谷理疗师,慢慢站了起来。

"走两步试试。"

她双手叉腰,慢慢走了起来。一小步、一小步地往前移,那样子像是大病初愈。

藤谷理疗师困惑地扭过头,实在看不下去了。川端部长也强忍不满,看着慢腾腾的杏子女士。

"好了,不用再走了。"

来栖摆摆手,对藤谷理疗师说:

"看这样子已经好了。"

"好的……"

"您说的是。"

川端部长赶紧点头,来栖对杏子女士说:

"你的伤已经痊愈了,没必要再来做按摩了。"

"可是,院长……"她急忙打断来栖的话,快速蹲下摁着右脚外侧说,"脚尖和这儿发麻。"

看她这么敏捷,不可能发麻。

"已经好了,不要再做按摩了。"

"那怎么行啊,院长……"

杏子女士含冤似的瞪着来栖。

"总之,已经好了,要对自己有信心。"

来栖说完走出理疗室,川端部长紧跟其后。

"您看到了吧?她会装啊……"

"知道了,知道了。"

"还不止这些呢。她嫌理疗室里不安静,想要藤谷到她房间里做按摩。"

川端部长跟来栖并肩走在走廊上,继续诉苦。

"去了吗?"

"叫了多次,就去了一次。还拿出啤酒和点心什么的招待他。"

"不是去按摩吗?"

"当然。尽问一些私人问题,后来还送手帕啦、袜子啦,甚至还送夹克衫……"

"他接受了吗?"

"拒绝了好几次,可是,都送到藤谷家里去了,只好收……"

工作人员也不是不可以接受入住者或患者送的礼物,但一般都是点心或水果类。也有送个人的,只限因长时间受照顾的特殊情况。送男护理的一般是衬衫或领带,给女护理的多是丝巾或者购物券之类不太贵重的东西。

按公司规定,原则上是拒收赠品的,但是,实在难以界分送礼与心意。来栖觉得如果连这一丁点发自内心的好意和谢意都加以拒绝和限制的话,就太不近人情了。

可是,这次的情况另当别论。腿已好却仍继续要求按摩,还把理疗师叫到自己房间,甚至送礼,这就完全背离了治疗的目的。

Et Alors虽然是养老院,但入住者只要不犯法,他们对谁好、赠谁礼物完全属于个人行为和自由。

还是听听藤谷理疗师本人的看法,以便更好地把握实际情况。当天傍晚,估计理疗师暂时没事,来栖把他叫到了院长室。

虽已是下班时间,但藤谷理疗师还身穿白工作服匆匆赶来。

"下午的事,谢谢您了。"

他是指院长下午劝阻杏子不要再按摩了这个事。

"你坐。"

藤谷身材修长,虽谈不上英俊,但一张娃娃脸显得很可爱。

"情况我都听川端部长说了,真难为你了。"

藤谷两手拘谨地放在大腿上,点点头。

"如果她再提要求,你就说是我说的,拒绝她就行。"

"知道了。"

"听说她还叫你去她的房间?"

"是的……"

"这也可以拒绝。"

见藤谷低头不语,来栖继续说道:

"她还送你礼物,你不愿意的话可以不必接受。当然,接受不接受是你的自由。"

"真不好意思。"

藤谷白皙的脸颊泛起红晕,看起来超级清纯。

杏子女士大概也是被这种邻家大男孩的新鲜感所吸引吧。

"你还是单身?"

"是的……"

"有女朋友了?"

"这个……"

"有没有无所谓,不过,冈本女士的事你不必放在心上。不愿意就是不愿意,明确地拒绝就行。"

藤谷微微点点头,但似乎还有话要讲。

"你有什么想说的?"

"我不知道该不该说,她说我长得像她死去的儿子……"

"然后呢?"

在来栖的催促下,藤谷习惯性地眨了眨眼,说道:

"她说儿子死于交通事故,还给我看了照片,讲了很多有关他的事……"

藤谷太年轻,听一个七十多岁的女人讲身世故事,简直是受罪。

"就说还有工作,回来就行了。"

"我是这么说的,可是……"

藤谷停顿了一会,然后,像下了决心似的说道:

"前几天,还有一件很怪的事。"

"怎么了?"

"她突然跟我说要我抱抱她……"

"结果呢？"

"她说'求求你了'，所以我也没办法。"

来栖差点笑出声来，但是对于当事人来说，可不是可笑的事。

"当然是站着抱的……"

这个倒不用解释。不过，这也说明藤谷是个好青年，他心地善良、不懂拒绝。

"她特别和善，是个好人。只是，我觉得这样下去不行。"

来栖很理解藤谷为难的心情。

左思右想，来栖决定把杏子女士的女儿请来。女儿出场说不定有效。

两天后，杏子女士的长女泰子来到了老年公寓。

果然不出来栖所料，五十岁左右的泰子肤色白皙、精致漂亮，米色外衣配同色系的裙子。虽不像她母亲那么浓妆艳抹，但看到放在膝盖上的手提包便知是大名牌。

她住在世田谷区，有丈夫和孩子，每个月来探望一次。

"请您来是想谈谈您母亲的事……"

来栖还没说完，她猛然抬起头，问道：

"妈妈做错了什么？"

"没什么。"

来栖顿了顿，大致介绍了一下情况。

当来栖说到她母亲对年轻的男理疗师抱有好感时，她难以置信地叹息了一声。

再说到她母亲送礼太多令对方为难时，她忍不住插嘴道：

"您是说我母亲做了这些事吗？"

"我没添油加醋,是理疗师本人亲口告诉我的。"

来栖还说杏子女士还把藤谷青年叫到她的房间,没完没了地给他讲自己已死去的儿子的事情。最后,他又说道:

"看样子,你母亲好像对那个青年抱有好感……"

瞬间,泰子坚决地摇头否定:

"我妈妈绝对不会做这种事。"

"当然,您的心情我完全理解……"

来栖安慰了她一句,可她还是不依不饶。

"我和妈妈见过多次,根本没有一点点这样的迹象。"

作为女儿,当然不愿意听到别人对自己母亲的非议。

遭到她如此坚决的否定,来栖觉得倒像是他在无中生有似的。

"那位男士多大年纪?"

"二十九岁。"

"什么?……"泰子惊呆了,"我妈妈绝对不可能喜欢上这么年轻的男人。"

不愧是继承了其父财界大亨的基因,她自尊心极强。

来栖见识了太多的、各种各样的亲属,但这类自命不凡的子女最不好对付。

表面上好像客客气气、家和万事兴的感觉,其实,老年人的子女家属根本不了解自己的父母。

比方说,老年男士常对女护工动手动脚,万不得已通知家属后却很难让他们相信。他们会以"我父亲绝对不是那种人"而全都断然否定。

这也说明,即便是亲人,在家里也未必能彻底表露自己真实的一面。许多人甚至表面上道貌岸然,其实那只是伪装出来的假象而已。

这种"人设"现象,兄弟、姐妹之间自不待言,父子、母子之间也在极力扮演角色,不自然袒露赤裸裸的自我。

比起一般的市井草民,有一定地位和财产的家庭尤为突出。

让女儿劝说母亲,此路不通。

"就是这个情况……"来栖打算结束谈话了,"我们只是如实相告,如果您不劝说的话……"

"你们打算怎么办?"

"我们直接跟她讲。"

也许自尊心从未受过如此打击,她两手紧攥手帕突然改变主意:

"还是我去问问母亲。"

"那就拜托了。"

尽管是入住者对员工的失礼行为,他却请子女家属来帮忙解决,实属滑稽,但这也是院长的职责之一。

"给您添麻烦了,对不起。"

毕竟是大家闺秀,她还是很客气地道谢,而后站起身来。

来栖目送她出门,舒了口气。

来栖每天都会遇到各种各样的问题。刚开张那会儿,他只担心经营问题,认为"船到桥头自然直"。现在看来,更大的问题是人际关系。这关系到来栖的经营方针和理念是否能贯彻落实,关系到是否能真正让老年人随心所欲、充分享受晚年生活的养老本质。

无论发生了什么,都要坚决不动摇地按照 Et Alors 的精神去做。

然而,具有讽刺意义的是这一精神正在经受各种考验。

时至今日,来栖痛定思痛,要让六十多人且都是老年人都能够自由自在地生活,没有比这更难的事了。

与之相比,将所有的人都约束在一个框架里"一刀切"反而容易得多。

如此一想,来栖不禁一声长叹。

两天后,杏子女士的女儿突然来到院长室。正是午饭时间,来栖正准备去食堂。见她一脸严峻且非见不可,来栖只好接待。她直截了当地说道:

"妈妈亲口告诉我,她根本没有做出院长所说的那些不光彩的事。"

真是无言以对。当事者杏子女士彻底否认,怎么办?

难道川端部长和藤谷理疗师都在撒谎了,他们吃饱了撑的没事瞎编?这么做对他们又有何好处?

来栖坚信,肯定是杏子女士在撒谎。

"等一下。"

来栖打了个手势请她先别激动。

"您母亲真的说她什么也没做吗?"

"是的。母亲根本不可能对那么年轻的男人感兴趣。"

"也许您母亲不想让您知道。"

"院长,您是不是瞧不起我们母女?"

"没这个意思……"

再谈下去也没结果。

"我知道了。"来栖点点头,站了起来,"我明白您的意思了,下面的事我们来处理吧。"

"'处理'是什么意思？"

"了解具体情况后，再找她谈谈。"

"请不要无中生有。"

看来，请她女儿来劝说杏子女士是个错误的决定。

这类问题，只有当事人自己来解决。一旦子女掺和进来，问题就只会变得更加复杂。

来栖自我反省后找来藤谷，要求他自己去跟杏子女士明确表态。

藤谷含含糊糊、不得要领地说："我跟她说过了。"

"你不直截了当地回绝，她是不会改的。"

藤谷不语，来栖问道：

"莫非你对她有意思？"

"怎……怎么可能？"

"那就明确地告诉她'不愿意'好了。"

不知是优柔寡断，还是心地善良，藤谷似乎有说不出口的理由。

"真不好办哪。"

来栖挽起双手琢磨起来。要是反过来会怎么样呢？七十多岁的男人看上了二十多岁的女人，送这送那，最后提出"想抱抱"的话，年轻女性一定会说"真恶心"并果断拒绝的。

女人不仅比男人果断，而且还冷淡。

来栖想到这儿，藤谷抱歉地说：

"我实在是做不到，能不能请院长帮我跟她说？"

"你说什么？……"

来栖一向是"成人之美"。自己到底该怎么跟她说好呢？刚才还叫藤谷坚决拒绝,可一旦轮到自己,就真是一筹莫展了。

来栖是彻底被卷进这"剪不断,理还乱"的麻团里了。

他心里直嘀咕,这种事不归我院长管吧。事到如今,也只能亲力亲为了。

第二天,来栖让护理通知杏子女士来院长室,说有事商量。

杏子回得痛快:"今天腿有点疼,行走不便。麻烦院长来我的房间。"

"她让我去她的房间?……"

也好,进她的房间看看,也可进一步了解她的真实情况。

来栖这么一想,命川端部长陪同。摁下门铃,听见屋里也响起了铃声,不一会儿,杏子女士打开了门。

她穿着从领口到双肩都是精致刺绣的白色罩衫,胸口白金项链闪闪发亮。

"哟,是院长啊。"

声音清脆明亮,根本不像七十一岁的老女人。一见来栖身边的川端部长,她的脸色立马沉了下来。

"请问,我可以单独跟院长谈谈吗?"

"听说您腿疼,所以请来川端部长……"

"可是,今天又不是为了看腿呀。"

她料事如神,知道来栖的意图。

"我也有话想跟院长深谈,请您一人进来可以吗?"

只好如此。来栖朝川端使了个眼色让他离开。

川端部长瞪了杏子女士一眼,愤愤然地转身走了。

见他走远,杏子女士猛地敞开大门,高声说:"请进吧。"

玄关早已备好了一双拖鞋,来栖换鞋后进了房间。房门入口的地板上,铺着一大块花色鲜艳的地毯。

"院长光临,无上荣光啊。"

杏子女士兴奋地说着,在前面带路。

这间套房,不愧是整个公寓里朝向最好的。初夏的阳光洒满阳台,远处是视野开阔的东京湾。

"这房间景色真不错啊!"

来栖站在阳台前,杏子女士靠近他说:

"好看吧?来我这里的人都很喜欢,我太高兴了。"

兴奋的声音伴随着杏子女士身上飘来的一股刺鼻的香水味儿使得来栖不禁退后半步。

"快请坐。"

靠近阳台近处,长沙发和两把椅子相对摆放,都罩着花色布套。整个房间花团锦簇。

坐在沙发上,来栖环顾四周,正对面是一个古色古香的大酒柜,酒柜旁边并排摆着音响和电视,酒柜里放着各式各样的玻璃器皿和漂亮的彩绘盘子。

多么宽敞而明亮的客厅。

杏子女士站在与客厅相通的厨房处问道:

"院长,喝点什么饮料?"

"不必忙啦,今天只是来谈谈……"

"好不容易贵人上门,对了,还有好喝的葡萄酒呢。"

"不了,还要工作呢。"

"那就咖啡吧,好吗?"

"好的,不用客气。"

"到这儿来了以后啊,没保姆了……不过,多活动活动对身体有好处。"

隔着帘子,看不出她的腿脚有什么毛病。

不一会儿,杏子女士将两个咖啡杯放在托盘上端了过来。

"可能浓了点,这个是蓝山咖啡……"

托盘刚放下,果然飘来一股沁人肺腑的咖啡浓香。

"喜欢的话请尝尝这个。"

晶莹剔透的玻璃小碟上,盛着圆圆的黑松露巧克力。

"能请院长来我这儿,真是太荣幸了。"

杏子女士像纯情的少女,双手合十在胸前。

右手捏着杯耳,左手托着杯碟,连喝咖啡时的手势都尽显上流社会女人的优雅姿态。

"院长,您喜欢吃什么菜呢?"

"没有特别的喜好……"

"像院长这个年龄的人,很多人只喜欢吃日本料理,您吃得惯西餐吗?"

"当然。"

来栖和麻子经常去吃意大利菜和法国菜。

"那以后我们一起去吃吧。我晓得一家很不错的法式菜馆。"

"不了,不了……"

话题越扯越远。来栖坐直了身子言归正传。

"今天来找您,是想问问您有关理疗师藤谷君的事。"

"什么事呢?"

杏子女士的面容猛地抽紧起来。

"您对他特别好,这是值得感谢的。可只对他一个太好的话,有点儿麻烦。"

"不可以吗?"

杏子女士的脖子像丹顶鹤一样高高昂起。

"不,不是说不可以。他还年轻,收到这么贵的礼物,不知如何是好。"

"是我自己愿意送给他的,不必这么介意。"

杏子女士游刃有余的样子搞得来栖简直怀疑自己到底为何而来了。

"可是他还年轻,收礼太多心理负担会很重的。"

"就这点儿小事,别往心里去啊。"

杏子女士若无其事地捏起一颗松露巧克力放进嘴里。

来栖见状,准备调整自己的进攻策略。

"前几天,您女儿来看您。您跟您女儿说什么都没给过藤谷君,是吗?"

柔情似水的那双眼一下变成了鹰眼。

"您的意思是说对他没有那个意思吗?"

"那个意思您指的是什么?"

"就是对他有好感啊。"

"把我的腿按摩好了,有好感也是当然的呀。"

还让他"抱抱呢",可这话怎么也说不出口。

"不过,仅此而已呀。"

"仅此而已?"

突然,杏子女士"呵、呵、呵……"地大笑起来。

"跟他闹着玩的。"

"可是,他不那样想……"

"他误解是他的自由,我可没那么深层次的意思。"

虽说如此,但对单纯年轻人而言则无法理解。

"院长,我只是觉得如同见到自己儿子一样。年轻真好,您说呢?"

杏子女士用轻蔑的眼神瞟了一眼,说道:

"院长不是也一样吗?"

"我不明白您的意思。"

"喔唷,您装糊涂吧?"杏子女士意味深长地咧嘴笑道,"院长也喜欢年轻的吧?"

"年轻的?"

"不但我知道,其他人也都知道。"

不错,麻子来过公寓多次,员工中有人察觉到麻子是自己的女友。可是,连杏子女士都知道,这让他大感意外。

"不过,我是看好院长的噢。"

竟搬出麻子来反击,老辣!

杏子女士站起来,朝阳台慢步走去。她眺望着远景,低声说:"我喜欢院长这样年长稳重的。"说完,回头嫣然一笑:"我可以坐您边上吗?"

来栖不好拒绝,也没答话。杏子女士像一只白天鹅,翩翩飞到来栖身边。

"我喜欢院长。"

话音未落,一股浓烈的香味早已飘洒到来栖全身。

再这样下去可不好收场。来栖稍稍往后撤了撤身,小声说道:

"以后再找机会好好聊……"

"为什么呀?您不是才来一会儿吗?"

其实已来二三十分钟了,再待下去事情只会越来越复杂。

"我先告辞了……"

来栖正要站起身,杏子女士猛地抓住了来栖的手。

虽说她的手有些干涩,但比想象中要柔软,来栖感觉像是被藤蔓缠绕上了似的。

"我真的有事要跟先生商量。"

既然这么讲,他也不能甩手一走了之。

"最近我一直睡不好,很烦恼。"

"下次,请来治疗室……"

"没用。这不是病,是心理问题,非得被人这样使劲搂着才能安心。"杏子女士一边说,一边紧握来栖的手并拉到胸前,"最渴望被院长这样的人拥抱。"

"不行,这个……"

再不赶紧脱身,恐跟藤谷一样了。

"有时间还是请好好检查一下吧。"

来栖说完,掰开缠绕着他的杏子的双手,站了起来。

杏子女士也被牵着似的,跟着站了起来。

杏子女士站在来栖的眼前,僵持了一会儿后,恨恨地说:

"太过分了。"

没做什么太过分的事啊,来栖正在发愣。

她点头说道:

"嗯,明白了,您还是讨厌我。"

"讨厌?"

"老太婆一个,当然让人讨厌啦。"

"这个……"

扯到哪儿去了,从一开始就不存在喜欢还是讨厌,来栖无能为力。

"院长有年轻女人,幸福得很,怎么会搭理我呢?"

"不要再说下去了。"

杏子女士没完没了,来栖实在听不下去了,正想用手势制止她,谁知,她娇小的身体顺势倒在了他的胸前。

一股香水味扑鼻而来,来栖不由得踉跄半步。杏子女士紧紧地贴着来栖的身体不肯离开。

"院长,请抱紧我。"

越来越得寸进尺了,来栖仍然站着,一动不动。他警告自己万万不能做。

"快一点呀……"

来栖开始同情她了,慢吞吞地将两手绕到她的后背,她也顺势使劲贴紧。

"我太高兴了……"

"……"

"这是我梦寐以求的。"

窘迫万状的来栖只能自嘲,能让她高兴也未尝不可。

不知过了多久,来栖感觉太漫长,但其实也就是一分钟不到。

来栖抱着脸埋在胸口的杏子女士,望着即将夕阳西下的阳台发呆。

到底要待到什么时候啊?差不多该离开了。若对她说"请不要这样了"未免太残酷无情,还是说"我还有事"比较温和一些。

来栖刚一松开手,杏子女士立马问道:

"您想走吗?"

被道破心机的来栖说不出口"是的"。

"不是……"

"得了,用不着勉强。"

不管自己说什么,似乎总在她的意料之中。

"我喜欢院长这种类型的男人,和蔼可亲、有包容力,跟您什么都敢说。"

被她喜欢实在是件麻烦事,再这么被恭维一番,来栖越来越不好甩手。

但现在必须得离开,他刚有念头,杏子女士立刻抬起头来说道:

"院长,您讨厌我吗？"

"不,……"

"那么,就是喜欢了？"

"嗯,也不是……"

他想告诉她没那么多非黑即白的绝对,还有中间灰色地带,可是又不知该如何表达这个意思。这时,杏子女士又把脸凑近说:"太好了。"

再不离开员工们会生疑的。

正欲松开手时,手机彩铃声响起。

《美女与野兽》的旋律是麻子给他选的。

犹如被这个浪漫的彩铃声唤醒似的,来栖松开了绕在杏子女士后背的手。

"对不起……"

"喂喂,你现在说话方便吗？"

是麻子打来的。

"今晚七点可以吗?"

已约好在银座的晚餐馆,她来电确认一下。

"好,可以。"

"您可真忙啊。"

"哪里,有个会。"

"不用瞒我了,是她的电话吧?"

女人对电话敏感得很。

"我也能打您的手机就好啦。"她拉长了尾音娇滴滴地说,"手机号能告诉我吗?"

没办法,来栖只好把号码告诉了她。杏子女士飞快地写在了记事本上。

"太好了。以后可以给您打电话吗?"

"偶尔可以吧……"

"不用担心,我不会经常打的。"

管不了那么多了,赶紧一走了之吧。

当晚,来栖在银座的餐馆跟麻子聊起了杏子女士的事。

"你的来电真是时候,要不然都脱不了身。"

"干脆点说'我得走了'不就得了。"

"可是……"

他结巴起来。说别人容易,轮到自己头上就束手无策了。

"你把电话号码都告诉她了,瞧着吧,以后她有事没事都会找你。"

"不至于吧?"

"你是湿手沾面粉,甩都甩不掉啦。"

"别吓唬我。"

"说不准你也有点喜欢她吧?"

"什么喜欢不喜欢的,两码事。她说这样抱着很高兴,总不能把她推开吧。"

"这不正说明你喜欢她吗?"

"怎么可能?……"

来栖摇头,忽然意识到自己对杏子女士并没那么讨厌,他自己也感到奇怪。

很明显,说服杏子女士这一战,来栖以失败告终。

听理疗部长汇报的时候,来栖认为继续放任的话后患无穷,必须坚决阻止,可是自己前去警告,不但没达到目的,反而让她得逞了。

比起对女人优柔寡断的男人来,不如让对女人更严厉的女人以毒攻毒来警告更有效。

以上是麻子的意见,来栖也有同感,下一步他打算让女咨询师去提醒她。可是,自从来栖去过杏子女士的房间以后,她对藤谷理疗师的礼物攻势也停止了。而且,既不来做按摩,也不再叫藤谷去她的房间了。

总之,不知是来栖起了作用,还是杏子女士只是一时的心血来潮,问题总算告一段落了。

然而,来栖的手机电话多了一个来电。

一般是在傍晚或者夜晚,"先生,您现在有空吗?",这矫揉造作的声音一听就知道是杏子女士打来的。

说实话,听到这声音,来栖的心情就会沉重起来,他常常以有工作为借口把电话挂掉。

总是这样又觉得于心不忍,于是,杏子女士就借机没完没了地聊,什么今天去银座买东西了,看见有适合来栖穿的毛衣啦,什么时候一起吃饭啦……

"好的,过几天再说吧……"来栖暧昧地回答道。

于是,她便进一步追问具体时间:"那么,您什么时候方便啊?"

"现在还定不下来。"

来栖总是以工作繁忙为借口来搪塞。来栖琢磨着,杏子女士的好奇心该不会从藤谷身上转到自己身上来了吧?

从她最近打电话的情况来判断,实在是很频繁,让人不得不往这儿想。

好在她是有钱人家的夫人,所以并未达到骚扰的程度,差不多一天打一次。她一般都是先确认一下现在说话是否方便,然后再开始讲述她是怎么过的一天,或是发表一下看书或看电影的感想等。

起初,来栖以为听这些老女人说话肯定受不了。谁知,耐着性子听下去,倒是了解了不少她的生活状态、独特的想法和感觉,以及养老院里的人际关系,也算是一种收获。

只是,每次说到最后,她都会留一句"真希望什么时候跟您单独见面聊一聊啊"。如果来栖觉得为难,她马上又改成一起去吃饭啦、看剧啦等等,来栖不得不变着法地加以拒绝。

目前的情况,可以说是八分受扰、二分受益。

来栖必须一天应付一次她的电话,这可是不小的负担。夜里,只要一听到手机响起,来栖就恨不得逃跑。

"既然这么嫌烦,干脆换个号吧。"

麻子给他出了个主意,可来栖觉得这样做未免有点残忍,会毁掉杏子女士唯一的乐趣。

"那你就这么熬下去吧。"

麻子也懒得管他了。没办法,身为一院之长就得自己扛着。

夜里近十二点,突然手机铃响。一听,传来杏子女士的哭泣声。

"院长,院长……"她只是哭哭啼啼,什么都不说。

"怎么了?"来栖问道。

她娇滴滴一句:"我是不是像坏女人?"

深更半夜的,到底发生了什么事情?突然说什么"我是不是像坏女人",让人丈二和尚摸不着头脑。

"到底怎么回事呀?"

来栖问了半天,她还是伤心地哭个不停,闹不清到底发生了什么。

"你先别哭。"

可是,呜咽声依然没有停下来。过了好一会儿,她才抽泣着哭诉道:

"我这个人就是特别特别任性。"

这一点来栖以前就知道,根本用不着她自我检讨。

"我总是只考虑自己……"

这一点,来栖也早就领教过了。

"爸爸活着的时候,我就想过,他要是死了,我可怎么活下去啊。"

她说的"爸爸",就是八年前去世的老公。

"他死的时候,我伤心极了,哭个不停……"

来栖不知该说什么好。

"那个……"

这大半夜的,来栖不想让她再说下去,可是杏子女士毫不理会,继续诉说着:

"他死了半年后,我才一点点打起精神。可是又过了一年,我深深感到,一个人生活真是太自由自在了……"

的确,妻子先走了以后,丈夫们都会迅速衰老下去;相反,丈夫先走了以后,妻子们几乎都变得更精神了。

"只要一想到不用再屈从于丈夫、不用再照顾丈夫的起居,我就舒了口气。现在是我人生中最幸福的时期。"

既然这样,还有什么可哭的呢?

"我想院长肯定是非常了解的。"

"什么呢?"

"女人是特别善变的。"

她说"特别"时还拉长了音,仿佛她自己深有体会似的。

这半夜三更的煲粥电话,无论如何也不能再听下去了。

"那就先……"

来栖再次要挂电话的时候,杏子女士立刻察觉到了,央求般地说:

"等一下。请您还是再听一会儿吧,就一会儿。"

"你到底想要说什么呀?"

来栖有点厌倦了,冷冷地问道。

"院长是我唯一的依靠,我觉得院长一定会理解我的心情。"

那么,到底要理解她什么呢? 她絮絮叨叨说了半天也没说清楚。

"总之,请院长务必相信我,我绝对不是那种轻浮的女人。"

来栖从来没有说过她轻浮,甚至连想都没这么想过。

"我并没有……"

"太好了。那我就放心了。院长,谢谢您。"

为什么要感谢自己,来栖还是弄不明白。

"那么,就这样吧……"

来栖觉得这回差不多了,这时,她的语气突然变得十二分亲切起来。

"好的。院长,真是很抱歉。"

来栖沉稳地回应道:

"晚安。"

"啊,院长,还有最后一句……"

"什么?"

"我太喜欢院长了!"

来栖不知该怎么回答,道一声"晚安"后挂断了电话。

杏子女士深夜来电有何事呢?

发生了什么使她心神不安的事,她只是需要一个倾诉的对象?

更让人匪夷所思的是,第二天来栖让护工留意一下杏子女士的身体情况,护工回复说和平时没两样。

但是,来栖还是不放心。第三天,听说杏子女士会参加美容讲座,他就在讲座开始之前去了会场。杏子女士就像什么事都没发生过似的,微笑着跟他打招呼。

由于周围还有那位差一点就嫁给立木先生的江波玲香女士等十来位女性,所以来栖没有和她交谈,但她看上去精神很好。

这么说,夜里电话只不过是她一时心念?一夜过后又一切如常?

女人变得也太快了吧,来栖百思不得其解。

夜里和现在为何会判若两人呢?关于这个问题,即使去问她本人,恐怕也得不到确切答案。她会敷衍地说:"哟,我怎么一点都不记得了?"

说到底,对于她来说,最重要的是现在自己处于什么状态的现实问题。

对于年轻人而言,最重要的是未来,但对老年人来说,最重要的就是眼下的健康快乐。每一天乃至每时每刻就是人生。

我们养老院的工作就是为了让这些老年人每天都能健康愉快地生活。

"对这个讲座,冈本女士和江波女士都非常积极、非常有兴趣。"

只要还在关心如何把自己打扮得更漂亮,她们二人就一定能够健康、美丽地活着。

第四章　激情电影

进入梅雨季节,老年人的健康管理问题百出。

湿度渐增,气温骤降,咳嗽感冒的人日渐增多。感冒拖延不得,否则会转成肺炎或引发其他病症,管理上来不得半点马虎。

老年人的心情与身体两难把握,这一点是来栖创办养老院后的深刻体会。因此,他要求老年人只要稍感身体不适,就立马来就诊。

入梅后,还面临一个问题。阴雨连绵,老年人外出减少,势必导致新鲜感缺失、运动不足。穿大衣、打雨伞对于老年人是不小的负担,而且还有滑倒的危险。患有风湿症或关节炎的老人,常因关节疼痛而变得动作迟缓。

特别是今年的梅雨季节,较之往年雨量较多。即使不下雨的日子也是阴霾天,人们的心情也阴郁起来了。

每到这种时节,来栖就鼓动老人们多利用公寓里的各种设备活动活动身体。

四楼理疗室里有大浴室,白天晚上都可入浴。理疗室隔壁是配备了各种健身器械的健身房。还有娱乐室,扑克、围棋、象棋以及麻将,一应俱全。在容纳五十人的会议室中央舞台上,放着一台巨大的高清电视,大家可以看电影和体育比赛。

有时会请来资深歌手举办怀旧金曲演唱会,也有古典音乐欣赏会,还会请曲艺演员表演相声等,精神生活丰富多彩。毕竟都是收入丰厚的成功人士,他们兴趣广泛,有时还自行组织活动,其中最有人气的要数"银发·绒球舞"的舞蹈表演。

舞蹈者为十人左右,全是六十岁以上的女银发一族,年龄最大的有七十七岁。演员们清一色穿超短裙,两手挥舞着五颜六色的绒球,随着摇滚乐跳绒球舞。扭腰、转身、踢腿、劈叉,惊艳四座,喝彩八方。

观赏她们精彩的表演,无论老年人还是公司员工,都无比感动和感慨。是啊,无论多大年纪,只要想做,就没有什么做不到的。

表演结束,来栖邀请上台演员喝茶、聊天。和田美子女士这位舞蹈队队长的发言给大家留下了深刻印象。

今年七十岁的她十年前就想组建一支老年舞蹈队,与丈夫商量后,得到的是强烈反对。说服不了丈夫,又不愿放弃自己最后的理想,她只能选择离婚。成为自由身的她远赴美国留学、深造,四年后学成归国,六年前组建了现在的这支舞蹈队。

她们的表演令人耳目一新、彻底颠覆了三观。谁都欣赏此时的她,可有谁明白彼时的她?!

"非离婚不可吗?""为了心中爱好,必须先离婚,别无选择!"唯有忠于自己的最后选择!

第一个表示赞同的是六〇七室的东山夫人。桥本夫人和江波女士也点头赞同。

女人为了心仪的事业,甚至可以抛开丈夫成为单身女侠,但对于男人来说,这实在太可怕了。

"她能彻底贯彻个人意志,令人钦佩。"

女士们无不对舞蹈队队长强劲的生活理念佩服得五体投地,而男士们则把眼光投向别处,没一个敢吭气的。

来栖也备受鼓舞,琢磨着"绒球舞"这样的表演健身健心,值得推广。这时,办公室主任拿来了一份策划书,说是根据部分老年人的提议起草的。看了以后,来栖大惊失色、不知所措。

"有人提议在会议室里举办激情电影鉴赏会。"

以前也常举办电影鉴赏会,放映的都是老片子。既有小津安二郎、沟口健二、黑泽明等导演的,也有外国电影,从《哀愁》《终点站》《卡萨布兰卡》等爱情片到《罗马假日》《飘》等经典电影,挺受大家欢迎。

这回提议看激情片有何用意?是谁在起劲?

办公室主任回答说先是六〇八室的谷口先生提议,后来古贺、庄司等随后跟进。

"谷口先生他们不是有夫人吗?"来栖不解地问道。

办公室主任点头说:"所以才想要大家一起偷偷看。"

"激情影片也分好多种吧?"

"没错。所以我认为太刺激的不好,少许来点激情,改变一下老年惰性。"

没想到一向不表态的办公室主任也来劲了。

连这事都要自己来拍板,这让来栖哭笑不得。

说实话,在老年公寓里上映激情片似乎是个问题。

这不仅关系到公寓内的风纪问题,而且还要担心女士们的反应。

再说,激情片本该躲进自己房间偷偷观看,有人却提议大家一起看,这个主意有噱头,可又觉得不对头。

此时此刻,来栖突然想起了一件往事。

父亲去世后,来栖在父亲卧室的电视机旁发现了一盘激情片录像带。

他记得,最初的一瞬自己脑子里打了个问号。接下来,又仿佛窥见了父亲活生生的另一面,感觉心里五味杂陈。

现在,这种感觉已转变成怀念。将心比心,谷口的提议也没什么可大惊小怪的。

要不要同意这个方案呢?来栖还是犹豫不决。当晚,他给麻子打电话征求她的意见。

"嗯……"她沉默片刻后干脆地说,"有什么不可以的?"

"是在会议室里放映呀。"

"可是,凡是男人都想看啊。"

这话确实在理。激情和好奇心似乎跟年龄、地位和教养没有太大关系。

提出举办激情片鉴赏会这一建议的谷口先生六十八岁,以前在出版社工作。而古贺七十岁,是国立大学名誉教授。庄司七十八岁,曾在文部省任局长,是公务员高知中的精英。

"提建议的人都有家室,或许在家躲着观看反而憋屈,显得猥琐。"

"一结婚就没那么方便喽。"

麻子叹了口气,说:

"说不定太太们也想看呢。"

"不会吧？……"

"你不是主张 Et Alors 吗？"

听她这么一说，来栖觉得也不是没可能。

受麻子的刺激，来栖开始从积极的方面考虑放映激情片的事了。

上了岁数，看激情片对于身心都是一种刺激，会增加他们的活力。

性是生命的源泉、生活的光芒。

但要真正实施还需要和员工们进一步沟通，取得他们的理解。

梅雨季，大雨天，来栖召集总务长以及咨询师、护工、护士开会。

总务长先将谷口先生的提案通报给大家，然后建议从日活电影公司的激情片里挑选一些情节相对保守的放映，时间是晚饭后八点开始，地点在会议室。

征求意见时，小西咨询员举手。

"现在已经问题成堆，还要火上加油，不太合适吧？"

她所指的问题成堆是指一些老男人爱对女员工摸摸蹭蹭的亲昵小动作。

"前不久，今原先生的事已经引起麻烦了……"

今原先生今年八十岁，因腰痛需要坐轮椅。一天，年轻护工小泽正要把他抱起来时，今原先生没抓紧小泽的双肩，手一松抓住了她的胸部。

小泽"啊"地惊叫一声，双手一放，今原先生掉落在床边。

还好没被摔伤,但从那以后,小泽就拒绝护理今原先生了。

小西的意见是,要是放映激情片的话,这种无意行为就会变成有意行为。

那位花花公子的立木先生也爱摸女护士的手。每当手被甩掉,他总是夸张地哭喊:"哎哟,疼死了,疼死了……"好在他性格开朗、人缘不错,没人和他顶真。

比如捏着推轮椅的女护工的手不放、趁女护工弯腰之际直勾勾盯着胸部看的情况比比皆是。面对此类情况,管理层会议上会指导员工们先以善意思考,再想应对方法,切不可仅图方便、以自身好恶而把恶气出在老年人身上。

还有的老顽童总是谎称肚子疼,等护工的手刚放在肚子上,就拉着小手往下身拽。

对于这些"淘气"的老小孩们,要用母亲般的心态对待他们。说起来容易,做起来难。

当然,比如有明显暴露癖、故意性骚扰的,要严厉指出,不能宽容。

因此,在创建养老院之初,来栖就要求大家,特别是女护工,要保持高度的警惕。工作时尽量不穿开襟衬衫、不穿短裙、不化浓妆,尽量避免引起性趣。

但再怎么努力,养老院毕竟属于服务行业,具体事情都需要以爱为原则。女性具有亲和包容力才能让老年人满意,过度片面地强调工作人员要严肃、庄重也不是解决问题的办法。

在这种情况下举办激情片鉴赏会,问题是否会越来越多呢?小西咨询员的这个意见可以理解,护理主任小野洋子以及年轻女护工们也都支持这个看法。

与此相反,男职员大都持赞成态度。看护部长井出等人的意见是,如果批准他们的提案的话,大家大大方方、彼此坦诚相见,那些偷鸡摸狗的事反而会减少。

到底该怎么办? 来栖听取大家的意见之后,心中的天平渐渐朝着同意的方向倾斜。

其实,老年人不会那么没出息吧,一看激情片就立刻跑去拥抱女护工。大大方方地看,坦坦荡荡地聊,反倒更能排解积郁、释放情怀,变得开朗起来。

"大家都发表了各自的意见……"最后,来栖拍板,"既然他们有这样的愿望,就批准同意。"

说实在话,来栖对于谷口等三位老男人大方坦荡的建议抱有好感。人人忌讳、伪装正经的当下,敢于冲破常规、不畏世俗,着实令人尊敬。

这正是来栖的 Et Alors 精神吗? 不管别人怎么看,也要抱着"那又怎样?"的心态坚持到底。

来栖指示总务长立即联系谷口先生着手准备。小西马上问道:
"这事要是被外面人知道了怎么办?"
"既不大肆宣传,也不刻意回避。"

来栖想,如果接受了国家和地方自治团体的经济补助,打报告申请的话,可能一事无成。如今,不受限制、没有禁锢,这才是民办养老院的优势。

经过层层筛选及全面周到的筹备,电影鉴赏会终于定在梅雨过后、七月中旬的一个周六晚上举行。

地点定在会议室,晚上八点开始,二十把椅子,估计座位足够。
"现在的网络年轻人根本不知道'浪漫激情片'这个词。"

当然,江波女士一看到宣传海报,就立刻说出"这是日活的激情片吧"。

当江波女士问小西"你也去看吗?"时,她竟一时语塞。

"不过,听说这电影挺好看的。"

连江波女士都知道,不愧是时代精英。

"是谁提议的?"

"一帮男士们提出的。"

江波女士听后,哈哈大笑起来:"男人啊,真可爱!"。

起初,只有几个男人悄悄来4楼大堂看海报。临近放映日却人头攒动了,电影鉴赏会成了一个热点话题。

甚至还有外面人打电话来询问。

"我们又增加了一些座位。"总务长向来栖报告,然后又问,"您也来看吗?"

说心里话,时隔这么多年了,来栖很想再看一遍这部老片子,但他还在犹豫。

如果院长也去看,担心会受到女士们的冷嘲热讽。

不过,总务长倒是很乐观,也许是他自己想看的缘故。

"无所谓,不就是 Et Alors 吗?"

被他这么一鼓动,来栖只好答应。

放映那天,快到晚上八点时,来栖正准备去会议室,总务长跑来了。

"请您稍等一下,现在正在加座呢。"

"二十个座位不够吗?"

"全都坐满了,还有十几个人站着呢。"

"这么多人……"

"而且近一半是女士。"

来栖吃惊地问总务长:

"谁来啦?"

"江波女士、桥本夫人,还有冈本女士……"

听着一个个熟悉的名字,来栖不由得倒吸了一口冷气。

"她们都占据了前排座位,男人们反而被挤到后排了。"

无论是总务长还是发起人谷口都始料未及。

"现在立刻增加座位,过十分钟请您再过来吧。"

十分钟后到了会议室,来栖看见还有好几个人站着,有男有女,几个男护工正从库房里搬来椅子。

来栖在门外停下脚步,站在门口的谷口先生微笑着挥手跟他打招呼。

"没想到来了这么多人,现在已经增加到三十个席位了,弄不好我们得站着看了。"

三十人意味着差不多养老院一半的人都在这儿了。

来栖惊讶不已。一进会议室,一股热浪扑面而来。里面已经坐满了人,女性大约占了一半,而且都穿着漂亮的服装,叽叽喳喳地说笑着。

"请您这边坐……"

谷口先生请他坐在最后一排。隔着两个人,坐着持反对意见的小西咨询员和小野主任。

所有观众都落座后,电影鉴赏会正式开始,比预定时间晚了二十分钟。

按照惯例,举办电影或音乐会等鉴赏活动时,先由主办者简单介绍一下相关内容。

可是，因为这次情况特殊，谷口、古贺等发起人都互相推让，谁都不愿意上台。

他们的心情可以理解，可是，不做介绍就开始放映反而显得突兀。

不得已，谷口先生上了台。突然，他发现妻子进来了，赶紧推给了古贺先生。

大学教授的古贺先生勉为其难地接受了。面对半数以上的女性大军，他心慌意乱、语无伦次。

"这个……那个，有些人提出……想看电影……因此呢……考虑来考虑去，如果有人想看的话，那个，结果呢……"

听他的意思，好像是他自己不想看，实在没办法才举办似的。场内开始起哄："下来吧，赶快放吧……"古贺先生赶紧逃下了台。

庄司先生摁下播放键，电影开场。

这部影片以妓院为背景，描写了妓女和嫖客之间的故事。

主线是妓女和嫖客之间的纠葛，掺杂了当时发生的抢米骚乱、日本出兵西伯利亚的背景、应征上战场士兵的悲哀等，弥漫着动荡的激情和大正时代的悲惨。

画面上不断再现着当时的世态，表现着人们的激情，大家都目不转睛地看着。

来栖侧目朝旁边扫去，小西咨询员和小野主任也都目不斜视直勾勾地看着。

这个电影的优势在于不像成人影片那样直接，只通过面部表情来渲染气氛。

白天，看似一片安宁的妓院里，突然传来了"号外，号外"的报童叫卖声，原来是城里发生了抢米骚乱，暴徒们袭击了粮仓。

从这些场面看,表达了一定的反战意识。

接下来,随着出兵西伯利亚的字幕,又换成了二等兵和妓女在一起的镜头。

两人是恋人,男的突然接到开赴西伯利亚的命令,跑来和妓女告别。此生能否再相见?

男人连告别的话都来不及说,就朝兵营奔去。妓女沿着堀川河在后面追赶,声嘶力竭地喊叫:"你要活着回来啊。"

不巧,士兵偏偏迎面碰上了长官,长官劈头盖脸地呵斥起那个士兵来:"混蛋!竟敢和妓女鬼混,你不想活啦……"

他左右开弓地狂扇士兵耳光,一边扇,一边吼叫:"你明白吗?"

这时,只听会场里响起了一声嘶哑的"明白!"。大家莫名其妙地闻声望去,只见后排座位上站着一个男人。

"是松尾先生……"

旁边的小野主任小声说道。是七〇七室的松尾兴平先生。

听说他在战争中被征兵奔赴战场,受了很多苦。大概是电影里长官的训斥声唤醒了他当年的回忆吧。

大家再次感受到战争留下的创伤,都不忍直视。

不同的人有不同的感受,激情片鉴赏会于十点前顺利结束了。

对于老人来说,时间已经够晚了。有人看完直接回了房间,近一半左右的人余兴未消,坐着不动。

每个人都一脸兴奋,男人们有些不好意思地互相点点头,而女士们却七嘴八舌、嘻嘻哈哈地说笑。

男人们的反应是克制、内敛,女人们的反应却是满不在乎、直截了当。

综合来看,来栖觉得这次放映会成功圆满。

首先,此次放映会人数最多。大家一直兴致勃勃地看到最后,途中没一个退场,甚至看完之后还沉浸其中、不愿离开。看到大家都很满意,来栖悬着的心终于放下了。回到院长室,他正准备起身回家时,总务长和古贺先生进来了。

"谢谢院长,这次活动大获成功。"

"女士们也很爱看吗?"

"当然了。别看她们嘴上说着怪话,心里可想看啦。其实她们都是第一次看,江波女士说'还想看'呢。"

"今晚,所有人都变年轻了。"

总务长说,看完以后大家意犹未尽不想回房间,一部分人去了八楼的酒吧。

来栖忽然想起了发起人谷口先生,便问总务长:"他人呢?"

古贺先生抢先回答:"今晚,他夫人不是来了吗?所以,看完就被拽回房间去了。"

然后,古贺先生嬉皮笑脸地说:

"说不定这会儿正在房间里上演激情片段呢。"

尽管有赞成、有反对,但从放映结果来看,受到了普遍好评。

六〇三室的多田先生深有感触地说:"我发觉,自己从来没有真正恋爱过。"

大多数入住者是从昭和时期的战争年代到战后期间度过了青春年华,因此,多数人都是奉父母之命、媒妁之言结的婚。

不要说没热恋过,即便恋爱结婚的也未必有过激情。回首人生,能够说自己曾经狂热地爱过的有几人?

多田先生今年七十六岁了。也许是到了这个年龄才会突然意识到,一种寂寞,感慨万千。

以前他在大公司供职,夫妇俩现在过着无忧无虑的生活。时至今日,年过七旬的他忽觉此生没"真正恋爱过",等到后悔也为时已晚。

来栖重新审视起自己来。

他二十七岁结的婚。对象在大学的图书馆工作,经过几年的恋爱后结了婚。

来栖的父母是开餐馆的,曾多次给他介绍从事餐饮业的,也相过亲。可是,父母想把儿媳妇培养成老板娘的意图太明显,使他产生了逆反心理,存心选择了一位老实巴交的女性为妻。

十年后两人离了婚。平心而论,原因不在妻子。她确实平凡,也缺少情趣,但说不上具体哪儿不好,只是来栖不习惯被婚姻束缚,他过于我行我素,扮演不好合格丈夫这个角色。

由于不肯放弃个性,来栖付出了一笔离婚补偿金,后来一直支付子女赡养费。从离婚到现在,虽和女人有过一些交往,但来栖从没打算结婚。其实,即使结了婚,也还会重蹈覆辙。既然在所难免,又何苦把人家拖进悲剧里来呢?

说来说去,比起以结婚为名的安稳生活,来栖宁愿选择自由。即便生活上多有不便,或被人议论为"不孝之子",他也不愿意被束缚在婚姻的牢笼里。

经过数年周折,终于遇见了麻子,她是一位没有一点结婚欲望的女人,这实在少见。虽然年龄差得较大,但彼此没有代沟、情投意合。

经历多次恋爱,可一旦有人发问:"你真正恋爱过吗?",他实在没有自信回答"有"。

多田先生之所以会产生那种想法,是电影里的哪个场面引发的呢?

无论是哪种场景,都只有性,没有一个是描写浪漫爱情的。

多田先生"没有真正恋爱过"的话,他深感失落的还不到性爱和情爱的层面,应该说是连痛快地玩乐都没有享受过。

也许,多田先生看完电影,深感后悔的是他嘴上说的恋爱,而实际上他压根儿没疯狂地迷恋过女人。

或许有此共鸣的不止多田先生一人,恐怕大多数男人都是。不,不只是男人,恐怕女人也一样。

女人也梦想着在自己喜欢的男人怀中纵情撒欢、尽情享受。

七十六岁的多田先生虽懊悔过去,但不自毁。他毫不掩饰地声称:"往后努力试试看。"

这不是逞强,而是内心吐露的真心话。

多田先生的可贵之处在于,虽有夫人相伴,日子也过得称心如意,但敢于坦然吐露真情、实话实说。当然,说这句话的时候夫人不在,他是跟护理主任小野说的。

多田先生是个超乎寻常的规矩人,个子矮小、腰板笔直,一看就是正经八百的老年绅士。

他夫人七十岁左右,身材高大,长得富态,戴着金边眼镜,爱穿色泽鲜艳的连衣裙,给人的感觉像是资深女歌唱家。她也的确参加了公寓里的合唱团,歌声圆润,不减当年。

老古董般的丈夫和云雀般充满活力的夫人在公寓内是令人羡慕的一对。是否羡慕,说实在的,夫妇之间的事只有夫妇自己知道。

哪怕是夫妇也未必真正彻底了解。

归根结底,一场电影几多醒悟。有像多田先生一样重燃恋爱感觉,跃跃欲试的;也有不屑一顾,依旧我行我素、一意孤行过平淡日子的。

来栖深切地感到:人老,志不老;人老,情未了。老了,性趣也是千差万别啊。

回想如今十多岁或二十多岁的年轻人,他们的兴趣和价值观相差无几,是同质化人类,行为也相似。

但随着年龄的增长,三十岁到四十岁后,人的想法和行为逐渐趋于多样化。从五十岁开始,尤其是六十岁到七十岁,再到八十岁,越往上个体差异就越大。有的人身心健康,热心公益事业;有的人卧床不起,生活不能自理。

来栖的专业是内科,书本知识远不及眼见为实。

比如食欲与性欲的关系。使人意识到食欲与性欲的是大脑,不是胃和性器官。如同摘除了胃仍有食欲一样,无论性器官怎样衰老也照样有性欲。

关键在于大脑,只要头脑清醒,就会有食欲和性欲。

因老年人行动不便、手脚迟钝就断言其没有性欲的看法明显是错误的。

相反,性欲是人脑一直保持到生命结束、最具人性的能力。忽视和轻视老年人的性欲是对人性的亵渎。

仅仅一个养老院,让来栖获得了一生的身心知识。

放映一部激情电影,让来栖更了解了老人的真性情。

第五章　夫妻情缘

一出梅,超过三十摄氏度的酷暑突然降临了,街上的行人面带疲倦、步履拖沓。

Et Alors 的入住者中,也出现了轻微中暑的情况,有人去附近的商厦买中元节礼品,回来就感觉头重脚轻、胸闷难受。

幸好都不太严重,无大碍。房内开着空调,感觉不到户外的酷热,结果一出门,就被强烈的阳光照射得眼花心慌。

也有人不开空调,敞开窗户也能忍受。

老是不出门也不好,会导致运动不足。白天有人去泡澡或在游泳池里行走。游泳池和浴池的水是恒温,与外面的天气冷暖无关,让人舒心。

Et Alors 地处银座,紧挨着隅田川,从八楼的食堂可以俯瞰整条河的夜景和远处的东京湾。虽然有周边的大楼遮挡,可以观赏到的景色有限,但还是能看见游船在河流中往来穿梭,游客在甲板上悠闲用餐、乘凉,游船像一条长长的光带划过河面。

风景如画,安抚人心。外面虽烈日炎炎,但 Et Alors 里面惬意舒适,老年人独享清闲。

再也不用冒着酷热、坐拥挤的地铁去公司上班了,再也不用穿西服、打领带陪客户应酬了。虽然大家嘴上没说,但各自心照不宣,都渴望从工作中解放出来,尽情享受晚年生活。

为了满足大家的愿望,公寓提前了一个季节,在四楼前台、食堂和娱乐室里的墙上都张贴了秋季以后的活动安排。

按时间顺序,九月中旬有围棋、象棋和麻将比赛。接下来,十月初准备举行卡拉OK大赛。此外,定期举行的茶话会有九月末的"江户爱情"、十月份的"特攻队思想的形成"、十一月份的"桥梁始末"。Et Alors里有很多曾经活跃在各个领域的知识精英,来栖抓住机会,请他们客串演讲。

第一讲"江户爱情"的讲师是六一一室的铃木先生,他长期在大学研究江户庶民史。"特攻队思想的形成"的讲师是七〇九室的中泽先生。日本战败时,他是少年航空兵,如果战争再延长的话,他极有可能会作为特攻队员去送死。他正是基于自己的亲身体验,来反省日本那段疯狂的历史。第三位"桥梁始末"的讲师是五〇一室的加藤先生,他在大学教授桥梁学,并且参与过本四桥的建设。

以茶话会的形式开讲座,迄今已办过十多次了。来栖还打算把这些讲座的讲稿编辑成书出版。

说到出书,曾在出版社工作过的谷口先生自告奋勇地指导大家,以六人为一组出合编本。可半年过去,进展不大。究其原因,有人笔头快,有人慢;有人写完,觉得不满意,还要重写;还有的人想自己单独出书等。总之,每个人都有自己的主张,很难统一思想,这正是老人不好组织之处。

除上述不定期演讲,还有一些定期讲座。如隔周举办的绘画和陶艺讲座,以及刺绣、剪纸等。此外,还有美容讲座,像青春美妆技法、不老发型设计、美甲沙龙等也在筹划之中。

户外活动方面,计划九月底举办高尔夫友谊赛,十月份计划进行东京新名胜一日游和赏红叶巴士近郊游等。

九月,还新设电脑讲座和舞蹈班。

都是根据入住者的要求开设的。老人多,需求也多。

来栖希望他们能在这里各有所好,尽情享受,安度晚年。

八月底的一天,咨询员杉典子来院长室找来栖。

院长室形式上虽为来栖专用,但房门不锁、完全敞开,谁都可以进来。

典子刚过三十岁生日,娃娃脸,看上去也就二十多岁。她穿着白色短袖上衣和长裤,显得很年轻,主要负责六楼。

"是关于六一七室的东山先生的事……"

来栖翻看入住者档案。

东山昭夫七十一岁,为某著名建筑公司董事,退休后过着悠然自得的生活。夫人六十五岁,比他小六岁,个儿不高,戴副眼镜,给人印象稳重。

来栖曾经在食堂见过他们一面。丈夫身高马大,夫人小鸟依人,夫妻亲密无间羡煞旁人。

"东山夫人说还想要一套房。"

"一套房?是我们这儿的?"

"是的。她说如果有空房的话告诉她。"

六一七室是三室一厅,近六十平方米,夫妇两人住足够大了。

"是有亲属来同住吗?"

"不是,还是他俩。这要求是夫人提出来的。"

"看来,不是丈夫所希望的。"

"听她的意思,她想和丈夫分开自己一个人住。"

夫妇终于可以一起享受退休后的生活时,为何夫人还要增加一套房?现在的房间二人足够了,再租一套,面积增加,打扫整理会更麻烦。

"东山夫人喜欢画画还是?"

入住者中有一些绘画和音乐爱好者,再加一间房作为工作室或琴房的也有,但是,新增一套的话花费太大了。

"夫人好像不在乎这个。"

典子似乎有些难于启齿。

"那个……她说想和丈夫分开过。"

来栖突然想起"银发·绒球舞"的队长说的那句话,"为了心中爱好,必须先离婚,别无选择!"记得当时东山夫人坐在第一排,听得入神。

"想和丈夫分手吗?"

"不是,还没到那个程度。"

可是,另加一套自己单住,实质上不等于分居吗?

"为何要这样呢?"

"她说叫我保密的……"

"那位夫人似乎已厌倦了照顾丈夫的起居。丈夫六十五岁退休的,她说:'该轮到我退休了。'"

"夫人也要退休?"

"是的。她说:'丈夫可以退休,为何太太不可以从照顾丈夫起居的岗位上退下来？'"

说得有理，来栖觉得有点意思。

"太太大概是觉得太累了……"

东山夫人现年六十五岁，和东山先生从公司退休时的年龄相同。

夫人也希望"退休"，不难理解。

法律上，家务被认定为工作的一部分，这已成为妻子继承丈夫遗产的重要依据。难道东山夫人另有企图？

"丈夫那么烦人吗？"

"据说是个老派男人，倒茶、盛饭什么都不干，全让太太干。"

这类被称作大男子主义的男人，上岁数的比较常见。现在，年轻人回到家后把家务都推给妻子，自己当甩手掌柜的也不少。

"已是多年患难夫妻了呀。"

"我也这么想。毕竟不能把家务和工作等同看待。"

年轻的典子对于把家务和工作一视同仁的看法似乎不敢苟同。

"不过，听东山夫人这么一说，我觉得她的心情可以理解。她丈夫爱享乐，在外面还有女人，夫人为此很痛苦。"

可以想象，泡沫经济鼎盛期，一个著名建筑公司的董事生活有多奢侈。

"那时候，她丈夫出门，夫人总要问'今天您什么时候回来？'，现在倒过来了，夫人出门，丈夫会问'今天你什么时候回来？'，这让夫人觉得很郁闷。"

丈夫一退休，不知不觉间夫妻位置发生了对调。

来栖再次回想起东山夫妇的模样。夫人依偎着高大魁梧的丈夫,看上去是一对恩爱和谐的老夫老妻。特别是夫人,给人感觉沉稳厚道,没想到现在夫人居然要和丈夫分开住。

"可是,就算夫人住到别的房间,她现在的房间也还保留吧?"

"保留。她说老在一起的话,只要丈夫一靠近,她就担心又要让她做这做那,一刻也不得安宁。"

"心情可以理解,可是,丈夫同意妻子另外租房吗?"

"当然不同意了。听妻子有这想法,丈夫勃然大怒:'那我怎么办?'"

"那可难办啊。"

"但是,夫人铁了心要搬出来。"

说不定像东山夫人那样看上去越是百依百顺的,其实越是倔强顽固,一言既出,驷马难追。

"这下子,老两口肯定会吵架吧?"

"吵!不过丈夫似乎软下来了,说'太太非要搬出去,我也拿她没办法……'"

那么高大刚毅的东山先生,居然慢慢地屈服于夫人了。

"不容易,居然把他说通了。"

"只是他提出,晚上要回屋里洗衣打扫,和以前一样。夫人基本上同意了。"

"那不是没两样吗?"

"不一样!夫人自己一套房,不受干扰,声音也听不到,多自在。"

的确,同住一套房和独门独户一套房,自由度是完全不同的。

"可是,我还是不能理解。"

来栖再一次感悟,夫妻真是不可思议。

妻子不愿照顾丈夫，也不愿整天待在一起，还想搬到另一套房去住。以为他们打算离婚，可又不是那么回事。妻子只是想要逃离丈夫，拥有自己的空间，还没到离婚的地步。

这种状态如何称谓？既然还不到"黄昏分手"，那就叫"黄昏分居"吧。

东山先生也有忍气吞声地同意妻子要求的这一天。曾经颐指气使、不可一世的建筑集团公司的董事，你以为会指着老婆大骂"你要自由，那就给我滚出去！"吗？想错了。

"看来是被征服了。"

来栖感叹道。

"那位先生，没夫人是活不下去的。"

"活不下去？"

"是啊。他什么都不会做，只能靠夫人。"

不错，这种类型的男人在东山先生这一代普遍得很。他们把工资和存折都交给妻子，家里的事一概不管，日常生活也全靠妻子。即使现在想要离婚，他也没自信一个人活下去。

结果是，即便受冷落，因多年积习，丈夫除了依靠妻子也无路可走。再说，过去一直任性，到了现在这个年龄，妻子对自己有所冷淡也无可奈何，只能想开点。

不管怎么讲，那位高大坚强的东山先生竟然败在娇小温顺的夫人手下。

真实再现——年龄越大，男人越弱，女人越强。

像东山先生这类人，大多是年轻时拼命工作，动辄以"为了公司""为了工作"为由贡献了人生的全部。这样的男人一旦退下来，就会变得无所事事，朋友也少。

如果有点爱好的话,还可转移注意力。万一连一点爱好都没有的话,时间就会多得无处打发。不知是祸是福,反正这就是埋头工作一辈子的男人们的晚年窘境。

来栖为了避免这样的情况,希望入住者培养兴趣爱好。在秋季的活动安排中加入了各式各样的活动和讲座,就是出于这个考虑。

但是,有些男人就是不愿参加这类活动,不知是因为内向,还是自尊心太强,总是不能轻松地加入到群体中来。

听了典子的汇报,来栖知道了东山夫人的心情。可是,他不清楚养老院是否还有可以满足她的要求的房间。

"最好是离得近一点的房间吧。"

如果和她丈夫住得太远而来往不便,那可就真成分居了。

"刚有一套空出来了,她运气不错啊。"典子肯定地说,"在他们的隔壁,六一五室。"

来栖想起来了,住在那里的中川先生因老年痴呆病情严重,转到别的养老院去了。

"她说想要那个房间。"

Et Alors 的房间,只要在入住时交纳了入住费,就可终生居住。

由于不能出售产权,所以只能签约本人或夫妻居住。像中川先生那样转出去的话,只要交纳每月的管理费,就继续拥有房间的使用权。一旦不付费,就必须离开。

中川先生的房间还给他保留着,说明他的儿子或者什么人还在继续交纳管理费吧。

老年痴呆经过治疗后治愈的病例越来越多。具体来说,服用使脑子活化的新药的同时,配合对话、刺激记忆的疗法等,有时会使病情减轻或防止病情继续恶化。

但是,据特护老人院那边报告,中川先生的儿子去看他时,他的意识已不太清楚,说明病情可能在恶化。

既然他不大可能回到这里,管理费白交浪费,跟他的儿子取得联系,商量一下今后的安排。

东山夫人要这套房,要等这事解决之后。

来栖对典子说完,自言自语道:

"没想到,家务也有退休一说……"

"我也大吃一惊。"

一般而言,从恋爱到结婚,新婚阶段家务事也是愉快的,不会被当作工作来看待。为心上人做饭做菜、把屋子收拾得干干净净,甚至给他洗内衣都不觉辛苦。

然而,随着岁月流逝,新鲜愉悦的事渐渐减少。要是经过了三十年或四十年还是一成不变的婚姻生活的话,愉悦就渐变成为负担了。尤其妻子上了年纪,不像年轻时精力充沛,久而久之会萌生不满情绪,为什么要干家务?于是,她们丢下家务想逃离了。

在 Et Alors 里,为方便这些老夫妇,除提供一日三餐之外,还配备家政服务、打扫洗衣等等,有何需要都可得到满足。只要肯花钱,什么都不用做。

东山夫人应该是知道的,可还是提出要从家务中解放出来,究竟为何,来栖一开始并不清楚。

现在他明白了,东山夫人搬出去住,并非因为不愿意做家务,而是想要逃离东山先生本人。比起打扫卫生和做饭,和老公待在一个房间,听着他说话和干咳,不搭理又不行,这让她深感厌倦。想一个人静静,也许才是她的真实目的。

想到这儿,来栖叹了一口气。

一言以蔽之,这不正说明她开始讨厌丈夫了吗?直接这么说未免太露骨,所以她换了个说法,"家务也该退休",妻子要求解放。

来栖再次想到了"女人真强大"这个词,年岁越大越不好惹。相反,男人越老却越懦弱。

这种逆转现象在 Et Alors 入住者的身上也很明显。且不说单身,即便是夫妻,也是妻子强势得多。这不仅指妻子的身体更健康,而是无论是性格还是做事风格,妻子都远比丈夫厉害,而且以自我为中心。

就拿七一一室的井川夫妇来说吧。井川先生曾是著名汽车公司的骨干业务员,退休后入住这里。两年后,夫人得了脑血栓,半身不遂,卧床不起。

Et Alors 里没有病房,不具备整套看护体制,所以,将夫人转到对口医院去了。井川觉得让夫人一个人去住院太可怜了,希望把她留在这里。这当然没问题,但井川先生就得承担起护理妻子的繁重任务。

为妻子翻身擦身、换衣服,甚至清理大小便全他干,还推着轮椅带她去院子里散步。大家都为他体贴入微、精心照料的奉献而感动。大家都以他是做丈夫的楷模,对其赞扬钦佩不已。

和他们的情况相反,这里很多夫妻都是丈夫患病、妻子健康。

例如六〇六室的村松先生,现年八十二岁,患有帕金森综合征,手脚肌肉僵硬,颤抖起来时动作变得非常迟缓。这是老年人的多发病,虽然进行了药物和理疗干预,但仍不见好转,日常生活都需要有人照料。

当然,七十三岁的夫人在照料他。可是,这位夫人闲不住,经常和朋友去看戏,甚至出门旅行。比如去年,她去夏威夷旅游了一个星期,拜托小野主任替她照料丈夫。

好在村松先生动作放慢一些或者小心一些还能自理,不算太累人。但是,一个星期家里都没人的话,护理很够呛。可是,人家说了句"拜托了,看护费我另付"就潇洒地走人了。

长期看护病人很辛苦,想出去散散心也可以理解。不过,把井川先生和村松先生这两个例子对比来看,来栖发现,上了年纪后,真正温柔的似乎不是妻子,而是丈夫。也许是丈夫年轻时一直不太顾家,出于"赎罪之心"而温柔对待妻子吧,可妻子从年轻时一直照顾丈夫,早已厌倦了,所以就没那么温柔了。

总而言之,随着年纪的增加,形成了五花八门的夫妻关系。不知这些夫妻曾经怎样相爱,又怎样度过了新婚甜蜜期。

想到这些,不由感慨,岁月这把刀既治愈了创伤,也割断了情感。

与一方得病的夫妻不同,有的夫妻双双都很健康,而且越老感情越好、越情投意合。

六一〇室的角川夫妻就是个典型的例子。

角川忠彦先生以前在大贸易公司工作,长期派驻德国、法国,一向衣着讲究。秋天,穿着俄式衬衫,头戴贝雷帽,根本看不出是七十七岁的老人。比他小三岁的夫人虽然身体有些发福,但头发染成了紫色,配上同色的镜片,整个人看上去很潮。她穿着一身雅致的套裙,与夫君出双入对的。

有意思的是,丈夫个子矮小,夫人人高马大,穿高跟鞋的夫人显得高一些,这对夫妇还喜欢手牵手走路。

一般的日本人一过七十岁,夫妇就极少手牵手走路了。可是,他俩毫不在乎,尽享夫妻恩爱,惹得人人羡慕。

看着这对夫妇,来栖又深感,日本人在男女关系上的生硬和笨拙。

男女之间能更加轻松地聊天交往该有多好啊,可是,日本人往往一看到异性就容易紧张,莫名其妙地拘谨,过分在意别人的目光,表现得很不自然。

像角川夫妻那样手牵着手,或者像欧美人那样一见面就互相拥抱、拍拍对方的肩膀或后背的话,人与人的交流方式会发生很大变化。

特别是年龄越大,就越需要身体接触,这样不仅会促进血液循环,而且会使两人更觉和蔼可亲。

夫妻之间,除了多说话交流,身体也要经常接触。养成习惯后,上了岁数,夫妻关系也依旧其乐融融。

不由得又想起了恩师八木教授。

教授八十岁的时候续弦再婚,夫人虽比教授小二十五岁,但夫妻感情非常好。一次宴会上,教授醉意阑珊,心情很好。有人问:"教授,您现在那事还行吗?"

那事当然指性生活。教授听了非但没生气,反而愉快地回答:"那事现在没了。"

可是,夫人刚五十岁出头,会不和谐吗?

"不过,妻子睡觉时,我总是握着她的手,她说这样就能安心入睡。"教授说道。

老教授说完微微一笑,丝毫不觉得难为情。

想象着这样的情景,来栖知道了这也是爱的一种形式。

年轻时,男女只会想到性爱,尤其是男人,只对生理上的反应感兴趣。

可是,老教授相信,即便没有性行为,只是握着妻子的手,妻子也能够满足。

来栖忽然意识到一个问题。

再过二十年,自己也会像老教授一样握着麻子的手吗?

无论他怎么想象,都没有现实感,只能想象自己独自一人睡觉的情景。

也许自己想这些还为时过早。不过,人老了之后的性需求男女天差地别。

来栖看过有关老年人性欲的调查,不论男女,八成以上的人回答有性欲。问及性欲内容时,男性想到的几乎都是性关系,而女性则希望得到爱抚或肌肤接触,甚至是语言交流。这些调查结果与老教授的所为完全吻合。

当然,女性中也有积极要求与男性发生性关系的,但毕竟很少。

也有人习惯于无性的、平淡的生活,日复一日地过着没有激情的日子,这也是一种活法。

来栖想起了"失用性萎缩"这个术语。

这本来是个医学用语。当人骨折时,在胳膊和腿上打上石膏后,由于不能活动,所以这些部位的肌肉便会萎缩。就是说,不使用的话便失去了原有的机能。这种现象不仅限于肢体,从内脏到脑子都一样。人体的所有部位只要不使用就会变得不灵活,其功能就会退化以至废掉。

换句话说,人体本来是为了使用而存在的。这种"失用性萎缩"

还涉及工作、兴趣以及对异性的好奇心等一些方面。

比如说,出于兴趣而喜欢画画或作诗等,经过长期的努力后,这方面的感觉会得到磨炼并有所提高。

然而,一旦停下来不去恢复的话,好不容易培养出来的感觉就会丧失,而导致最终一事无成,这就是"失用性萎缩"。

长此以往,人就会变得懒惰,对异性的好奇心和性需求也是如此。

性不是无意义的、无聊的,若失去了对异性的感觉,人自身的魅力也就消失。

在 Et Alors,也有这种类型的男人和女人,比较起来的话男性占大多数。

这些人的看法是,年纪大了不要说追求异性和性爱了,就连讲究穿戴、追求时尚都嫌麻烦。他们普遍认为,应该抛弃这些邪念,随着年龄的增大,平静过日子才符合自然规律。总爱以"都这么大岁数了"为借口无为度日,这已经不是"失用性萎缩"的问题了,基本上就是活着的废人。

总之,上了年纪后什么都不想动,只想太平过日子的话,身心反而都会迅速衰老,这是来栖创建这个养老院以来的切肤感受。

所以,来栖经常半开玩笑地对老人们说:

"如果您家里人或熟人对您说'安静下来,好好休息休息吧'的时候,请务必提高警觉,因为如果真的照他们的话去做了,就只能缩短您的寿命。"

有一种始料未及的"关怀"是什么也不让老人做。

这样的话,再健康、厉害的老人也会迅速衰弱,过不了多久也会一命呜呼。

"温柔"是会杀人的。

也许是来栖的想法渗透到了 Et Alors 的每个角落,入住者的生活态度都很积极、充满活力。

有的人喜欢高尔夫和游泳等体育活动,有的人喜欢就近逛逛银座,或者去歌舞伎座看剧、去大商场购物,还有的人喜欢去隅田川边散步。当然,也有人待在公寓里,热衷于自己的爱好或各种讲座。还有人经常去公司或自己的事务所上班。

此外,在来栖的建议下,还有人报名去了东京都内的特护老人院做义工。虽然上了年纪,又享有退休金,但他们不想只成为社会的负担,趁着身体还能活动,想尽量去帮助别人,为社会做贡献。

这种想法在欧美等国已相当普及。在日本,认为老年人照顾老年人不合常理,是不可能的。然而实际上,正因为是老年人,相互谈得来,反而更体贴,很受特护老人院的欢迎。目前 Et Alors 有八位老人参加了这个义工行列,还有两三个人也打算加入。

积极地生活有多重要。没有比越老越消极更危险的事了。破罐破摔、压抑自己不仅会加速衰老,而且还会给家人带来麻烦。

保持健康活力,保持好奇心,哪怕谈论一些家长里短,哪怕爱唠唠叨叨,哪怕爱管闲事,都没关系。

女人爱闲聊、爱扎堆,好奇心旺盛。来栖觉得女性比男性活得长、身体好的原因之一就在于爱说话。

三个女人一台戏。而男人无论多少人聚到一起,也是静悄悄的没那么多话。

大多数男人觉得,他们既不会像女人那样谈鸡毛蒜皮的事,也不愿意谈。但是,说话确实可以刺激大脑。

"越是上年纪,越是要用脑。"这是来栖最常说的一句话。

"工作就不用说了,爱好和学习以至聊天,只要能用脑的就尽量用。说句过激的话,哪怕动歪脑筋,也要让脑子动起来。"

来栖将自己的所见、所闻、所思、所想,从医学的角度尽可能深入浅出地讲给大家听,入住者大都能够理解,许多人都赞成他的观点。

也有个别爱抬杠、爱钻牛角尖的人问来栖:

"院长一个劲儿地说要年轻、要健康,请问,活那么长又能怎样呢?"

这话听起来是这么回事,但来栖很明确地指出:

"上了年纪要好好活着,一方面是为了你自己,另一方面也是为了你的家人和社会。说得难听点,至少别成为大家的累赘,也可省去医疗费。若是五六十岁的人得病卧床不起,那要花去很多医疗费。现在,国民医疗费的三分之一都被用于老人医疗。如果健康老人越来越多的话,这笔费用就会大幅度减少,这是毫无疑问的。"

尽管他说得有些直言不讳,但入住者们都觉得有道理。

创建老年公寓后,来栖才真正了解到老年夫妻百花齐放、形态各异。

要想了解入住者的人际关系,去八楼食堂看看最有效。不必专门去,每周随意去食堂逛逛,吃顿早饭或晚饭就行。

食堂很宽敞,可以眺望远处的东京湾,每张桌还都铺着白色的桌布。这里不仅环境美,而且饭菜味道也好,所以来就餐的人很多。营养师安排每天的食谱,每个星期更换一次,都是严格按照每天一千八百卡路里的标准制定的。

以九月中旬某一天的食谱为例,早餐有三种:A 套餐是酱烤石斑鱼和腌菠菜,B 套餐是大米白粥和大葱拌鲣鱼,C 套餐是德式三明治配海苔沙拉。

午餐的 A 套餐是盐焗秋刀鱼和炖豆腐皮,B 套餐是日式凉荞麦面和萝卜炖汤,C 套餐是姜烤鸡块配蔬菜沙拉。

而晚餐的 A 套餐是烤沙丁鱼和凉拌茄子,B 套餐是烤鳝鱼配水煮冬笋,C 套餐是牛肉铁板烧配虾汁烩冬瓜。

早、中、晚各 ABC 三种套餐。饮料有可乐、雪碧,酒类有啤酒、清酒、葡萄酒、绍兴酒等,可谓应有尽有。

大家自选套餐、自选座位。如何就餐也体现出了各式各样的人际关系。

拿一日三餐的重头戏晚餐来说,既有夫妇面对面吃的,也有把几个桌子拼起来几对夫妇一起吃的,还有妻子扔下丈夫而凑到别桌去吃的。

对食谱的选择也很有意思。有的夫妻,妻子吃西餐,丈夫吃日餐,妻子喝葡萄酒,丈夫喝日本酒。再看看那些单身男,他们聚在一起互相斟酒。也有不合群的男人,嫌跟别人一起吃不自在,独自一人很清高地吃饭。

那些特别爱说话、爱聊的女士们聚在一起的饭桌上,偶尔也会加入像立木先生这样的风流男士。也有四五个男人凑在一桌,但谁都不怎么说话,只是闷头吃饭的。

这其中有一对夫妻与众不同,他们总是保持对视并愉快地交谈,还不时发出笑声并互相斟酒。与其他静悄悄吃饭的夫妇相比,他俩更像是一对热恋的情侣。

男的是市泽先生,今年八十岁。女的是广惠女士,今年六十五岁。

两个人是一年前进来的,虽然名义上是夫妻,但实际上并未办理正式的结婚手续,因为市泽先生已有家室。

Et Alors 规定,必须是签约入住合同的本人或夫妻才能入住,不过,像市泽先生这样和同居女人一起入住也是可以的,当然,前提是广惠女士已超过六十岁。

望着这一对,来栖想起了"老来风流"这个词。

这个词,来源于著名和歌诗人川田顺和他的女弟子铃鹿俊子私奔一事。

当时川田顺六十六岁,身为教授夫人的铃鹿俊子三十九岁,现在看来,他们还很年轻,但在当时,"老来风流"这个词安在他们头上是再恰当不过了。

那时,他们的婚外情成为一大丑闻。川田顺因此辞去了皇室和歌评委一职,并失去了皇太子和歌师父的资格。

战后的五十多年来,人们对于男女关系的认识已发生了很大变化。

尽管如此,无论过去还是现在,婚外情的当事人都会遇到很多阻碍。就在一个月前,市泽先生的夫人就亲自来到公寓大闹了一场。

入住时,市泽先生说已经征得了夫人的同意,不会有麻烦。其实,夫人直到现在都没有同意和他离婚,不停地来闹。

闯进公寓的夫人消瘦、目光刁钻,一看长相就知道是个厉害的女人。她一看见来栖就劈头质问道:"你们这里是'小三'的庇护所吗?"

来栖并没有这个意思,但在她的眼里,Et Alors 就是"小三"的窝藏点。

凡是进 Et Alors 的外人都需在四楼前台登记。前台小姐先要让他们登记探访者本人姓名和被探访者姓名等,然后给被探访者房间打电话,取得对方同意后才能放行。

无论平日还是节假日,前台上午六点至晚上十点都有人值班。从深夜到次日清早,公寓出入口从里面上锁,除了入住者,其他人是进不来的。

由于公寓里住的都是老年人,安全防范和方便进出要二者兼顾。

那天下午,市泽夫人来到前台,前台问到她的姓名和要探访对象的姓名时,她清楚地回答:"我是市泽的妻子。"前台刚想说"请进吧",忽然又觉得不对头,赶紧追问道:"您说您是市泽先生的太太?"

夫人生气地回敬道:

"我是他太太,当然要这么说啦。"

听这口气,前台慌忙说"请您稍等",然后就给五〇六室打电话:"有一位说是您太太的女士来找您。"市泽先生一听,立刻害怕地说:"求求你,千万别让她进来……就说我出去了。拜托了!"

前台听了,好不容易才想起来,住在这里的市泽先生的夫人不是他的正式妻子。

"市泽先生好像不在房间里……"

"那你刚才跟谁说话呢?"

"不是他接的。"

"那我就在这儿等他回来好了。"

说完,夫人一屁股就在前台对面的沙发上坐了下来。

七十岁左右的她瘦得脸上和手背上都布满了皱纹,个子很高,直直地挺着上身,犹如一只好斗的公鸡。

看这架势,一时半会儿也不会走。万一市泽先生和广惠女士出来,肯定会麻烦。

前台小姐走进里面的办公室,又给市泽先生打了电话,告诉他夫人在前台等着呢。市泽先生声音颤抖地说:"这下可麻烦了。请你想办法让她走。"

"可是,她说找您,还是见见比较好吧。"不管值班人员怎么说,市泽先生还是一个劲儿地说:"不行,不行。"

这时,电话那头突然换成了女人的声音:"那我去见她吧。"

听声音好像是广惠女士,但马上就被市泽先生的声音压了下去:"你哪能去啊?"

话筒里传来市泽先生哀求的声音:"还是请你想办法把她弄走吧,回头我再找她谈,今天先打发她回去。"

没法子,前台小姐壮着胆,对气呼呼地坐在沙发上的夫人说道:

"实在抱歉,据说市泽先生今天不回来了,请您先回去,好吗?"

夫人立刻像一只打鸣公鸡似的耸起了细细的脖颈。

"说什么呢?!他要是敢不出来的话,我就去房间找他。"

说完,她抬起屁股,径直朝电梯走去。前台慌了神,赶忙伸开胳膊拦住她,央求着说:"请您等一等。"

得知前台招架不住了,来栖把她请到了自己的办公室。谁知,夫人一见到来栖,张口就骂:"原来你们这儿是'小三'窝赃据点啊。"

"哪会有这种想法啊?"来栖辩解道。

可夫人根本不听。

"你们这儿怎么可以明目张胆干这种事啊?"

"这事涉及个人隐私,还是请你们自己好好谈谈吧。"

"可是,那家伙不出来,怎么谈呀?"

对于被抛弃的原配夫人来说,她只能称抛弃她的丈夫为"那家伙"了。

"请你们赶快把那家伙领到这儿来。"

虽然她这么说,可来栖又不是警察,也不能硬把人家从房间里叫出来。

"好的。那我去跟您先生谈一谈,让他回头跟您联系吧。"

先不管市泽先生会怎么样,现在必须让她离开办公室。

"您放心,我保证会找他谈的。"

为什么自己要向她点头哈腰呢?来栖莫名其妙地低了三次头后,夫人终于站了起来。

"我告诉你,你跟那个家伙说清楚了,我是绝对不会离婚的。"

她扔下这句话就离开了。

第二天,来栖就去了市泽先生的房间。

来栖按下门铃,听见清脆地应了一声"来了"。门开了,市泽先生和广惠女士并肩站在门口迎接他。来栖换上给他放好的拖鞋,进了客厅,在奶油色的沙发上坐下。旁边的茶几和周围的墙壁上,都装饰着他们二人依偎在一起甜蜜地笑着、手举成V字的照片,来栖恍惚觉得进入了新婚夫妇之家。

要是正妻闯到这个地方来,还不得闹翻了天。

八十岁和六十五岁的老人还能这么天真烂漫,靠的是爱情的魔力吧,来栖心里感叹着。然后,他向两人说起了市泽先生妻子的传话。

"那位太太……"刚说到这儿,来栖赶紧改口道,"那位女士说希望把问题说清楚。"

"可是,院长……"

市泽先生是神奈川某女子大学的教授,给人的印象很温厚,但是说话的语气非常坚决。

"其实,我早就跟她说清楚了,我要离婚,会把我们的住房和一些钱留给她。这件事孩子们也同意,就是她一个人不同意,执意不离。"

"不肯离婚,说明对你还有留恋吧。"

"哪里?根本不是什么留恋,她就是故意的。她跟我说过,就是不离婚,让我们永远不得安宁。"

市泽先生和他的妻子一样瘦得满脸皱纹,不同的是他的脸上有光泽,显得气宇轩昂。

"反正我们是绝对不会分开的。"

坐在他旁边的广惠女士立刻点点头。

看他们二人如此默契,来栖不禁想到,一定是为了让自己见识他们的亲热劲儿,他才被请到这儿来的。

不过,自己已经被卷进这件麻烦事儿里了。夫妇问题本来就是件令人头痛的事,再加上这样的难题,头都要炸了。

但是,这是个急需解决的大问题。

"她单方面不肯离婚,太不像话了。"

市泽先生的愤怒可以理解,但夫人的抵触也令人同情。

"据说只要一方不同意、不盖章,法律上就不合法。"

关于这个问题,目前有关方面正在酝酿根据分居时间的长短来判决离婚的法案,但法律的修改需要时间,而且像市泽先生这样分居几年的情况恐怕也有难度。

"如果法律不改变的话,我们一辈子都不能在一起了。"

八十岁的市泽先生说"一辈子"的时候,来栖觉得有些滑稽,但也因此了解到了他焦急的心情。

"总之,不让人活好就是那个女人活着的意义。"

听着市泽先生的话,来栖想起了自己的离婚。

是来栖提出离婚的,但妻子出乎意料地干脆同意了,也许她早就有所察觉了。整个过程极其简单,妻子的态度就像是"那就离婚吧"那么痛快。赔偿费和孩子赡养费等通过律师也很顺利地解决了。

说实话,对于妻子那么干脆地同意离婚,当时来栖还觉得挺沮丧,但看到眼前的市泽先生,觉得还是那样好。

"反正我们是绝对不会分开的。"

市泽先生把来栖再次拽回了现实。

"我们好不容易才走到一起的。"

二人互相对视着点了点头。

"我们打算死了也要埋在一起,连骨灰盒都买好了。"说着,市泽先生突然站了起来,"我拿给你看看吧。"

怎么还要给人看下葬的骨灰盒?来栖有些头大,喝了口茶,这时,广惠女士说着"啊,给您换一杯吧",便起身去了厨房。

广惠女士都六十五岁了,动作轻盈得就像五十多岁的人,有男人爱而自信满满真能使人年轻啊。

来栖正琢磨的时候,市泽先生拿来了一个白布包着的盒子样的东西。

"是青瓷做的,托朋友烧制的。"

市泽先生把它放在桌子上,打开白布后,露出了一个中段呈弧形、两头渐紧的纺锤形瓷壶。瓷壶高三十厘米左右,上面有个带提手的盖子。这么个青瓷壶拿来当作摆设也蛮不错。

"颜色和形状都很不错。很漂亮啊!"

来栖不禁赞叹道,市泽先生满意地点点头。

"谁都想不到这是骨灰盒吧?"

"是啊,把它摆在壁龛前也没问题的。"

"我要是先走了的话,想让她把骨灰放进去,摆在壁龛前。"

市泽先生这么一说,广惠女士微笑着说:

"等我死了以后,也让人把骨灰装进这个壶里,然后放到寺院去,立个碑一起下葬。"

看来,他们连死后的安排都已经想好了。

不过,他们打算将骨灰装进同一个骨灰壶里,而且还是青瓷这样美丽的瓷器,想法真是大胆而奇特。

但是,问题的关键在于妻子,如果她再一次跑到 Et Alors 来非要见市泽先生可怎么办呢?

"她只不过是一时瞎闹,折腾两三次就会消停的。"

市泽先生若无其事地说道。可是,每次都不得不去对付夫人闹腾的前台小姐可受不了。

"还是请您跟她好好谈一谈,以后不要再找来了。"

听来栖这么说,市泽先生顺从地低了一下头。但是,他去和夫人谈,到底会不会有效果呢?

一般夫妻离婚的话,恋恋不舍地纠缠个没完的大多是丈夫。平日里,丈夫虽然对妻子这不满那不满,一副离不离婚都无所谓的样子,可一旦动起真格来,男人立刻就软下来了。东山先生就是一个例子,别看他表面那么威风,最后还是被夫人逼得不得不同意分开过了。

而妻子们呢,她们在离婚之前好像都痛不欲生,可一旦决定分开,就不会再犹豫了。不仅没有什么留恋,甚至会很干脆地走自己的路。

而丈夫们则不像外表给人的印象那样,一谈到离婚,他们往往特别脆弱、拖泥带水。

只有在一种情况下,男人们会潇洒地离婚,即已经准备好妻子的后继者的时候。此时,他们会毅然离婚,否则的话,他们一般会犹豫再三、踌躇不前。

这是由于丈夫们不能自立的缘故。从家务事到生活费,他们把家里的一切事情都交给妻子打理,等意识到时,自己已经不能独自生活下去了。加上男人一般都孤独而软弱,剩下一人时,会突然感到没着没落而变得不安起来。

市泽先生的情况的确是他决定跟妻子毅然分手的,但这种例子比较少见,属于有后任这一前提条件。一般来说,无论是分手时还是分手后,对于婚姻,男人都比女人更加留恋、更难下决心。

很明显,市泽先生的生活是玫瑰色的,而夫人却整天因憎恨丈夫而闷闷不乐。是丈夫单方面找了年轻的情人——说年轻也已六十五岁了——还离开了家。尽管如此,她闯到丈夫和情人住的地方来,到底是出于什么心理呢?

夫人不能原谅丈夫的所作所为,可以理解。但她这样做,丈夫的心会离她越来越远,即便回到她身边,也不会再爱她了。

那么,夫人真的只是故意纠缠呢,还是憎恨丈夫身边的情人呢?要说可怜,她也很可怜,但换个角度看的话,到了七十岁还因男女感情之事闹到如此地步也真够了不起的,来栖心里想。

扪心自问,自己像他们那样活到这把岁数,还有精力折腾吗?要么无缘,要么无力。这么一想,这三个人都不容易。

"如果您太太再来的话,前台小姐会请她回去,但是您也好好跟她谈谈吧。"

来栖说完站了起来,二人施了一礼:"拜托您了。"

送到门口时,"让您见笑了……"市泽先生不好意思地说道,"我们能住在这里感到很幸福。"

来栖听了也很高兴,嘱咐道:

"为了这个,你们以后也要尽量减少这样的摩擦。"

离开他们的房间后,来栖一路在想,没想到养老院里住着各种各样的夫妻啊!他们没有好坏之分,组成一对夫妻本身就充满了变化和刺激,可谓苦恼相伴、幸福相随。

那天晚上,来栖和麻子吃完饭后,又去了西银座商店街二楼的葡萄酒吧。喝着酒,来栖给麻子讲述了市泽先生和夫人之间的这场闹剧。

"看起来这不是因为爱,而是纠缠啊。"麻子一只手拿着红酒杯,轻声说,"我可理解不了啊。"

"你当然是不会那么做的。"

麻子今天晚上穿着白色套裙,小立领里衬出淡蓝色的丝巾,显得楚楚动人。

"可是,那位夫人也不愿做让自己难堪的事吧?"

"可也管不住自己啊。"

麻子轻轻地叹了口气。

"自己这样做很可怜,她应该也知道……"

"也许爱太深了也成问题呢。"

来栖不禁扭头看去,麻子一只胳膊肘支在吧台上,手托着下巴。

来栖凝视着麻子那侧面轮廓优美的脸型,突然说:

"一会儿去我那儿吧。"

"今天不行啊。"

"为什么?"

"反正今天不行。"

麻子莞尔一笑,站起身来。

第六章 争风吃醋

盛夏一过,秋老虎又降临了。几天之内,气温忽高忽低,温差竟有十摄氏度上下。

温差变化会影响老年人的身体健康。

按说气温一升高,只要相应调低室内空调的温度即可,可是,人的年纪越大,身体就越难适应外界的温差变化。

一旦身体适应外界的温差变化,即所谓恒温性(体内平衡)的能力减弱,细微的变化都易引起感冒或血压升高等,让人感觉身体不适。

因咳嗽、感觉乏力来养老院内诊疗室看病的人多起来了。野村义夫先生就是其中之一。

"最近老是觉得特别累……"

他边脱衬衫边诉说。瞧他这骨瘦如柴的身体,难怪容易觉得累。

一米七的身高,体重却不足六十公斤,瘦得好像从背后轻轻一碰就会倒的样子。

"食欲好吗？"

"不太想吃……"

野村先生今年七十三岁，曾在某大报社工作，后来当上了评论家。其犀利的评论让他一时名声大噪，被誉为"政界抨击名嘴"。两三年前，已渐渐淡出江湖，只因一年前夫人患癌去世，他一下子衰弱了很多。

来栖大致检查了一下，没发烧，也没其他毛病。

"咱们食堂的饭菜不合您的口味吗？"

野村先生光着上半身，皮肤松弛，一条条肋骨清晰可见，看着就让人心疼。

"一个人吃饭，不怎么想吃……"

以前，他和夫人是一对人人羡慕的鸳鸯夫妻。可能是因为夫人不在了，他的食欲也没了。

往往是这样，感情越好的老夫老妻，老伴先走后，剩下的一人会迅速衰老。

当然，最亲近的人死了，谁都悲伤难过，但好像男女有"温差"。

比如，丈夫死了，妻子会痛不欲生地扶着灵柩号啕大哭："老公啊老公，剩下我一个人可怎么活呀？"

你看，半年或者一年过后，妻子会马上恢复原状。两年过后，还会半开玩笑地说"原来一个人活得挺开心的"，和女闺蜜们玩得可欢啦。

妻子往往只在丈夫刚去世时悲伤无比，但恢复得也无比快，简直似有背叛之感。

相比之下，妻子先死了，丈夫都极力克制忍住悲伤，甚至看上去好像不怎么悲伤似的。

但是,半年、一年过后,他们大都形单影只、寂寥无比。

别看他们在妻子在世时为所欲为,一旦妻子死后,立马没了精神,不堪一击。越是特贤惠、贤内助型的妻子先死,这种情况越是明显。

野村先生就是一个典型。他的夫人就是一位很传统的贤妻良母,他有今日,说必然也是必然。

从此一人活下去,太难了。

"得打起精神来,少许喝点酒也好啊。"

来栖为他加油,没得到痛快的回应,对方只是含糊地点点头。

目睹野村先生的现状,来栖一下子陷入自己也觉得滑稽可笑的念想。

比起娶个贤惠的老婆,或许不贤惠的老婆更能让丈夫早日振作起来。习惯于被老婆冷落的丈夫更自立,更容易掌握独自活下去的本事。

"男人,你的名字是软弱。"

望着野村先生脸上明显的老年斑,来栖暗自神伤。

给野村先生开了增进食欲的开胃药,看他这么瘦弱,光靠药也没用,更重要的是想办法让他建立生活的信心,把饭吃好。

人上了年纪,精神状态至关重要,不能单靠药物。来栖经常给入住者们讲这个道理。

野村先生没食欲的原因是没了太太,孤零一人,炊臼之痛无人问津。所以,调整他的心理比吃药更要紧。

太太一走,男人就瘦成这样,未免可怜。要是大家知道他曾是"政界抨击名嘴",定会大吃一惊。

总的来说,越是看上去坚强的男人,越是出乎意料地软弱。一向头脑敏锐、唇枪舌剑的名嘴,一旦处于被动,往往就会变得不堪一击。

野村也算是个典型,但我们也不能袖手旁观啊。有病用药治,无病用心治。一人吃饭没味道,找一个能代替他太太的人换成两人共餐,如何?

具体说来,就是找到一位合适人选让他再婚。哪怕不结婚,有一位合得来的女士起码共共餐、说说话,多少也能让他打起精神来。幸好,公寓里与野村年龄相仿的女士也不少,只要他本人有想法,来栖愿促成此事。

他找来小西咨询员,叫她去探一下野村先生的口气。

看过了激情电影后,似乎不再像从前那样封建一根筋的小西翌日就去找了野村。结果以失败告终。

"怎么可能会有那种心思?"

遇上依旧嘴硬的野村,小西也无能为力。

"野村太太去年六月去世,一周年忌早已过去,是可以考虑的呀。"

"他和院长您可不是一类人哟。"小西立刻反驳。

来栖只好苦笑。

"这么下去的话,他的身体只会越来越糟。"

"野村的房间里考究的佛龛上还供放着夫人的照片,每天上香呢。"

听来倒是一段夫妻恩爱的佳话,但因此而食欲全无、消瘦下去的话,岂不得不偿失?

"他有什么朋友吗?"

"性格古怪,几乎没有。"

退休后,男人很难再交上新朋友。

像谷口先生和古贺先生那样性情开朗、无拘无束的,还有像立木先生那样脸上写着喜欢女人的男人,除此之外,大多数男人都把自己封闭起来不愿交往。尤其是当官有点身份地位的人,总是拘泥于自己过去的荣光,即使与人交往也要先探究一番对方的来头,然后再做判断。

这方面,男人无论到何时,似乎都很难摆脱论资排辈。

但女人不在乎,只要觉得愉快、合得来,立刻会成为闺蜜。哪里有好吃的、这样打扮就漂亮,等有共同话题以及相关的,立马聚成一团说个没完,越聊越起劲。当然,谈起讨厌的人或者惹她们生气的事也同样喋喋不休。

不拘泥于过去,对任何事都充满旺盛的好奇心,和谁都能聊到一起并以此排忧,也许这就是女性比男性更长寿的原因之一。

像野村先生这样孤高气盛的人,或许会对资深练达的女人感兴趣吧。

"他和哪位女士走得比较近呢?"

来栖觉得杏子女士是最佳人选,却被小西一口否决。

"他是一个不喜欢女人的人。"

"不会吧?"

"绝对的。那次放映激情电影,他就生气地说'真无聊'呢。"

"所以,不能说他不喜欢女人啊。"

"为什么呢?"

"你看他爱太太爱到连饭都不想吃的程度。"

小西听得云里雾里。

"我看,他是希望有女人在身边的,只是不肯老实说罢了。"

"那么,怎么办好呢?"

"让女性主动去接近他。只要有人关心,他会好起来的。"

"这不是跟哄小孩儿一样吗?"

"他可不就是老小孩儿吗?"

来栖见过各种各样的老年人,明白了一个道理,人越老越像个孩子。就是说随着年龄的增长,老爷爷变成了男孩子,老太太变成了女孩子。他们退去了年轻气盛的做作和虚伪,回到了刚出生时的婴儿状态。

只是这个过程分为"顺利转型"和"艰难转型"两种,野村先生就属于后一种。

"可是,请谁去当这个老男孩的娘呢?"

"其实,他多想撒撒娇啊。"

"啊?"

小西一头雾水。

"不急,再等等看吧。"

思念太太的美谈搁一旁再说。其实,像野村这样的男人,是属于一个人忍不住寂寞、很难生活下去的人。

来治疗室就诊的还有一位"牛人",他就是住在七〇五室的青木一郎先生。

今年八十岁的他曾是音乐学院的大学教授,也是一位钢琴家,现在也常在房间里弹琴。当然,室内装有隔音设备,声音不外漏。三角钢琴放在套房里最大的那间房里。

公寓里举办过他的钢琴演奏会,身材颀长的青木先生身着黑色晚礼服,弹奏了肖邦的《小夜曲》,听得人们如痴如醉。

他说,要是再年轻点就弹贝多芬的《热情》了。不过,《小夜曲》与夜晚的气氛相符,曲子也不长,适合老年人欣赏。

尽管本人谦虚地说"年纪大了……",脸上明显有老年斑和皱纹,但身板笔挺,一派绅士风度。

大学任教时人气十足,更受好几个女学生仰慕,现在的夫人就是其中一人。据说,是和前妻离婚后又再婚的。夫人比他小将近二十岁,不过现在两人走在一起看不出太大的年龄差。

不得不承认,音乐家都显得年轻,特别是钢琴家。九十四岁的波兰钢琴家阿图尔·鲁宾斯坦、八十六岁的美国钢琴家弗拉基米尔·霍洛维茨等全长寿,他们个个神采奕奕、精力过人。

大概就是人们常说的,常用手指刺激大脑能有效地防衰老。

就是这位青木先生对来栖说,感觉尾骨那块儿特别疼。来栖仔细检查了一下,臀部中央凹陷处有点轻微红肿,一摁他就叫痛。

据他说是不小心摔的。坐下的时候以为有椅子,结果坐空,一屁股坐到了地上。像他这样的聪明人,怎么会犯这种低级错误呢?真是不可思议。

张嘴一说话,来栖能看见他的腮帮子里有内出血的瘀痕。

来栖原本是内科医生,但现在兼看外科、矫形外科以及眼科、泌尿科。当然,如果病人病情严重的话会被转去其他医院。

青木先生的情况显然属于矫形外科,来栖给他拍了片子,告诉他尾骨尖端稍稍有些弯曲,但这个部位即使骨折了也没什么好办法,只能静养。因为这个部位很难打石膏,又不影响直立和行走,只能敷上膏药静等痊愈。

可是,他的右腮内出血到底是怎么回事呢?青木先生本人没说,但他说话时嘴里好像很痛似的。

来栖忍不住问道:"怎么伤的?"

青木先生小声说道:"千万别告诉别人……"

原来,昨晚在卡拉OK厅里,他刚唱完自己最拿手的那首《我的路》时,突然有人从背后泼来一盆冷水。

大吃一惊的他回头一瞧,原来是七〇三室的宍户先生。青木先生唱的时候,他就一直在旁喝倒彩,嚷嚷着"吵死啦""别唱啦"。

看样子是喝醉了,但也不能这样,太过分了。青木先生忍无可忍,一把揪住他的胸口,这时宍户猛地一个上勾拳,击中了他的下颚。

宍户先生虽个头不高,但结实粗壮。这一拳把青木先生打得仰面朝天地摔倒在地。尾骨就是这么被摔伤的,右腮里的瘀血就是那一拳给打的。

"真是太不像话了……"

来栖张嘴结舌。青木先生怒火中烧,愤愤不平地摇头道:

"简直是无法无天。当头泼冷水,还打人……"

据总务长说,对青木先生动粗的宍户今年七十二岁,以前在东京市郊经营一家纺织品公司。七十岁时,把公司交给儿子后,开始退休养老。

与高个的青木先生成反比,他个矮敦实、不爱说话,给人不好相处的感觉。他曾给来栖送来短裤,是那种大红大绿的平角内裤,来栖觉得尴尬,他倒不苟言笑地说:"拿去穿吧。"

看来这平角内裤是他公司的产品,一下子拿来五条,也足见此人挺实在。莫非他觉得来栖爱穿这个,还是他自己喜欢穿这种花短裤?光是想象一下他穿这种短裤时的滑稽样子,来栖就忍俊不禁。

来栖与宍户先生只说过一次话,虽然感觉他寡言少语,但不乏平民百姓的拙朴,万万没想到,他竟然泼了青木先生一盆冷水,还殴打人家。

卡拉OK厅可自由出入,自由点歌、唱歌。不巧的是,当时在场的只有宍户先生的儿子和青木先生的妻子,没有其他目击者。

唱得好好的,怎么会动手打人呢?青木先生强调说,正因为他一向讨厌那家伙,所以才会挨揍的。

事实到底是不是如他所说的那样呢?来栖觉得,应该再去跟宍户先生沟通一下。说起来,这两个人从外表到性格迥然不同。青木先生是音乐学院的大学教授、钢琴家,艺术家气质十足,而宍户先生是个白手起家的穷人出身。青木先生身材修长、高雅脱俗,宍户先生矮小、朴实敦厚。最重要的是,青木先生身边有女弟子做夫人,宍户先生太太去世,目前孤独一人。

看看点的歌,青木先生引吭高歌的是《我的路》,而宍户先生的拿手歌曲则是《无法松的一生》。

种种不同日积月累会导致冲突吗?

竟然还大打出手,是什么原因呢?

幸好青木先生只受了点轻伤。年纪一大,万一失手,还不知会闹出多大麻烦。

不管怎样,再听听宍户先生怎么说。等青木先生走后,来栖立刻把宍户先生叫到了诊疗室。

宍户先生正在娱乐室下象棋,很随意地穿着开襟衬衫和短裤就来了。

简短两句问候后,来栖告诉他刚才青木先生来看病了,宍户先生的表情立刻紧张起来。"幸好没什么大碍……",听到这话,宍户先生赶紧低头道歉:"真是对不起,给您添麻烦了。"

看来他也知道自己做错了。

来栖告诫他动手打人绝不允许,然后问道:"青木先生什么地方得罪你了?"

"没有……"宍户先生说着摇了摇头,嘟囔着,"没什么地方……"然后又说了一遍"对不起"。

来栖没弄明白他想说什么,但至少从态度上,说明宍户先生已深刻地反省自己的过错了。

"下不为例啊。"来栖严厉地说道。

宍户先生把一团身体团得更紧,深弯腰道歉一句"对不起"后就走了。

这人本质不坏,一时情绪错位导致的吧。

讲起吵架缘由,二人都含糊其词,让人无解。

在卡拉OK厅争抢话筒的事,来栖听说过。可这回只有他们两家人,按说不可能为抢话筒而争吵,会不会另有隐情?

不明就里的来栖以为此事告一段落了,哪知两天后,护士长三浦怜子前来汇报。

"听说他们两位是情敌。"

"情敌?"

"夹着一个女人,是三角关系……"

青木先生和宍户先生是情敌,这太出乎来栖的意料。

"那个女人是谁?"

"七一八室的那位妈妈桑。"

一说妈妈桑,来栖就明白了,她是七一八室的雪枝女士,以前在银座经营酒吧。

"原来如此……"

若是雪枝女士,完全有可能。雪枝女士年龄在六十五岁左右,在入住者中算是年轻的,皮肤如同她的名字一样雪白,加上多年在银座工作,至今仍妖娆动人。虽说不上是美女,但优雅知性、显得年轻,说她五十出头也没人怀疑。

青木先生和宍户先生都迷上她也在情理之中。好像还有多位男士对她很有好感。

"听谁说的?"

"冈本杏子女士。"

原来是那位多情女士。话从她嘴里说出来也顺理成章。

"杏子女士和雪枝女士很要好,不会假的。"

"但是,说青木先生和宍户先生是情敌,何以见得呢?"

"这不明摆着他俩都和雪枝女士有关系呗。"

雪枝女士是独身,和谁交往都没问题。说她和两个男人都有关系,让人难以置信。钢琴家青木先生还说得过去,和矮个宍户先生也有深交,确实让人感到意外。不过,青木先生有家室,如果真有其事,岂不成了婚外恋?宍户先生单身一个,说不定他才是真命天子。来栖脑中一片混乱。

"所以,在卡拉OK厅,冤家路窄、大打出手了?"

"杏子女士笑着跟我说'果然啊'。"

没想到热恋再婚、貌似鸳鸯夫妻的男主人青木先生会和雪枝女士有关系。当然这事他太太好像全然不知,所以对打架一事特别生气,而当事人青木先生大概是心怀鬼胎,始终闪烁其词。

如此一来,宍户的打人之谜水落石出了。

两人居然在卡拉OK厅撞上了,还真是够不走运的。

宍户本来就讨厌青木,根本就不想碰见他。偏偏青木带着太太出现在眼前,还得意扬扬地高唱《我的路》,于是,往日怨恨一下爆发了。

"这个混蛋,有老婆还装……"

不知宍户是不是这么想的,反正是气不打一处来,撩起冷水就往青木头上泼。

事情经过估计如此。但是,还有一个问题让他百思不得其解。

"可是,他们俩怎么知道是情敌的呢?"

"这可就更神了。"

护士长神叨叨地说了起来。

"听说雪枝女士每次和男人约会,都是去汤岛的情人旅馆。"

的确在上野附近的汤岛,至今还有旧日风情的情人旅馆。

"一直去那地方约会吗?"

"在养老院不是就露馅儿了吗?她和宍户约会也是在这家旅馆。"

同一旅馆约会两个男人,来栖算是服了。

"雪枝女士和青木先生同进旅馆正好被宍户先生看见了。"

故事越来越复杂,来栖越听越糊涂。

据护士长说,雪枝女士和青木先生早就是情人关系了,两人约会常去上野附近的汤岛情人旅馆。

某日宍户先生突发奇想,对雪枝女士是否也与别的男人在约会产生了怀疑。于是,有一天见她出门,他就尾随盯梢,结果,亲眼看见雪枝女士和那个男人走进了自己去过的同一家旅馆。

那个男人正是风流倜傥的钢琴家青木先生。

"是这么回事啊。"来栖厘清了关系。

"对啊。"护士长使劲点头。

"青木先生和宍户先生的关系恶化就是从那以后。"

听她这么一说,来栖终于明白了这次打人事件的前因后果。

从 Et Alors 到汤岛的情人旅馆,打车也得二三十分钟。

"那一带常有老男人去泡妞。"

"真有这事?"

"这年头,老男人可潇洒啦。"

老男人的聚集地原来是巢鸭地藏通最有名气,现在,汤岛又风生水起。

"他是打车跟踪的吗?"

"心生可疑,事先到那儿打埋伏也说不定。"

宍户先生都七十二岁了,一直跟踪到约会地点,这需要多大的执念和毅力。是敌对心理在作怪吧。

"就连小伙子都办不到。"

"正因为是老男人。"

人住在 Et Alors,从早到晚都是自由自在的,都可随心所欲、为所欲为。

但对雪枝女士与同一养老院的两个男人同时有关系,来栖感到不可思议。是雪枝女士太无畏呢,还是说她太风骚呢?脚踩两只船,迟早会被戳穿。

"到底是从什么时候开始的呢?"

"开始她是先和宍户好的。"

"真的吗?……"

"真的。雪枝女士告诉我的。"

雪枝女士以前就和三浦护士长关系好,两人无话不谈。

"她说别看外在,其实实户人很好。"

这一点来栖似有同感。乍一看,他好像很粗线条,跟恋爱沾不上边,其实,却心细周到,对女人无微不至。

"她自己也承认,这么大年纪了,他还能那么追求她,真是难得。"

雪枝被体贴男人所俘虏,这倒不难理解。

"她这样的人很有人气吧?"

"那当然!无论是吃饭还是喝茶,想坐在她边上的男人一大串。"

明确地讲,如果选举老年公寓小姐,雪枝女士肯定会得冠军。毕竟才六十五岁,年纪较轻,加之常年周旋于银座风月场,更是活色生香、风韵犹存。

"后来,青木先生插进来了,是这样吗?"

"青木先生老早就打雪枝女士的主意了。雪枝女士说:'知道他有太太,可实在是太有魅力了。'"

"所以,终于迷上了……"

"不是终于,是芳心一下子被俘虏了。"

想起青木先生那清高的派头,来栖不禁想笑。

"结果,两个情敌就干上了?"

"其实还不只他们两个人呢。"

"还有其他人呀?"

"我这么说,不知合不合适。"

"没啥不合适。"

来栖反倒觉得,人上了岁数,有点新闻并不是什么坏事。

"还有谁?"

"是立木先生。"

"果然……"

不愧是风流先生,手真快,伸到雪枝女士这儿来了。来栖倒不惊讶,只是感服不已。

"他和江波女士要好,对了,还有桥本夫人吧?"

"所以,他很快就退出了。"

没错,桥本夫人和雪枝女士要好,当然要避开朋友的男人。

"真不简单啊!"

雪枝女士除了穴户先生,还有青木先生,同时与立木先生也亲近,虽然时间不长。立木先生又和桥本夫人及江波女士有染。如果画一张"Et Alors 男女关联图"的话,恐怕没大版面不行。

"原来是这样啊……"

来栖不禁感叹,三浦护士长担心地说:

"我话多了,绝对不能告诉别人啊。"

"放心吧。"

自己刨根问底问出来的,如果说出去的话,就没资格当院长了。

"不过,想问您一个奇妙的事……"

既然话都说到这个份儿上,也就不再顾忌了。三浦护士长五十多岁,又有孩子,比起小西咨询员资深老练多了,所以,来栖打破砂锅问到底。

"那些男人,他们都那么有干劲吗?"

"什么干劲?"

"就是那个方面的……"

三浦护士长诡异一笑。

"有干劲得很,特别是宍户先生。青木先生也吃万艾可,别看他瘦,挺那个的……"

以前和青木先生聊起这事,他说"我完全不行了",他的意思是跟夫人的时候不行吗?

"雪枝女士到底喜欢谁呢?"

"好像并不是喜欢和不喜欢。"

"那么,为什么……?"

"她觉得性爱对身体有好处,或者说,爱情使人美丽吧。"

"嗯,有道理。"

的确,喜欢一个人并伴有性行为,肯定会给肉体带来刺激。特别是女性,往往因此而变得性感。从这个意义上讲,如果把化妆或去美容院作为由外而内的化妆水,那么,爱情或性爱便是由内而外的化妆水了。

人到老年,这种由内而外的化妆水尤为重要,比实际年龄看起来年轻或显老的原因之一,也在于此吧。

"可是,再怎么对身体好,也不能抓到篮里都是菜吧。"

"您说得没错,只要不是特别古怪或令人讨厌的,谁都可以呀。说得难听点,女人对赞美自己爱献殷勤的人都难以拒绝。"

男人也一样。问题是,谁能一直保持满心欢喜、满口好话地取悦对方呢?

宍户和青木尽管属于两种类型,但只要一发现心仪的异性便穷追不舍,这一点大概是让女人喜欢的原因吧。

"被人追求总是件开心的事啊。"

看来,三浦护士长已被雪枝女士感化了。

女被男追,身心荡漾,神采飞扬,但再怎么样,也不能一口吃两菜吧？若是真心有爱,那也只能仅限一人才正常啊。于是,来栖问三浦护士长：

"她到底喜欢谁呢？"

"如果要说喜欢的话,大概是青木先生吧。这么说可能有点那个,她说只要一想到被他那纤细健美的手指爱抚,就控制不住自己。"

钢琴家的手指能弹奏出美妙绝伦的音色,也会让女性发出各种喜悦的声音吧。

"这么说,宍户先生排名第二,或者说是老二喽？"

"可能是吧。我觉得宍户先生有宍户先生的长处。"

"不过,我以为真喜欢一个人的话,对别人就不太上心了……"

"也不一定,在她看来,追求她的男人个个都很可爱,都值得珍惜。"

这种包容性,大概是年轻又挑剔的女人所不具备的。

"这么说,凡是追求她的男人都来者不拒？"

"毕竟是人,总有偏爱。不过,她会尽一切可能一视同仁……"

说到这个地步,来栖也没有什么好说的了。Et Alors 里住着这么一位女士,对于老男人们来说,也许是件可喜可贺的事。

"她这个人还挺有意思。"

三浦护士长说着扑哧一笑。

"您可一定要保密啊。"

"当然。"

作为医生,来栖只想了解老年生活的千姿百态。

"她的包里,还总是带着那个东西。"

"什么东西？"

"卫生巾。"

"不是没了吗?"

"是没了,但她想一直保持还有的心态。"

来栖想象着腋下夹着手包、飒爽英姿的雪枝女士的样子。把那东西藏进包里,告诉自己还是个心血来潮、春情饱满的女人。

"真令人钦佩啊。"

来栖感叹道。三浦护士长长出了一口气。

"院长也这么想吗?"

"当然了。这是在向世人宣告:我还是个女子。她就是这么霸气。"

"和她聊天常受激励,学到了很多东西。"

做护士工作多年的三浦护士长经验丰富,给人感觉是一位朴实无华的大姐大。

大概正是这个缘故,她对上了岁数却不失妩媚的雪枝女士的活法大感兴趣。

"好吧,这件事就拜托你去跟雪枝女士说说吧。"

"我吗?"

"我正式找她谈太小题大做。从你的角度告诉她,不要让男人发生冲突恐怕比较妥当。"

护士长点点头,又突然想起了什么。

"可是,不用找男人谈谈吗?"

"他们各自都在反省呢,这次就算了吧。"

"知道了。"

第二天,护士长向来栖汇报了跟雪枝女士谈话的结果。

"我按照您交代的跟她谈了话,但是,她说要见院长。"

"见我?"

"她说想直接向您表示歉意,另外还有其他的事要跟您说。"

雪枝女士找自己有什么事呢?来栖有些心慌,可是又没有理由拒绝。

她希望尽快见面。来栖就让她下午四点左右来办公室,这个时间段相对空闲。

雪枝女士四点准时到来。

一袭藏青色连衣裙,腰间一根银链腰带,肩头随意搭了一条淡蓝色丝巾,领口开得很低,都快露出肩膀,白皙的肌肤妖艳性感。

据护士长说,雪枝女士每周去两次美容院,每天还用搓澡刷摩擦全身,每天必吃两三个柑橘,为保持皮肤年轻不遗余力。

她的皮肤本来就白,这些护肤方法从医学角度看也没错,来栖很佩服。首先,用搓澡刷子擦身体,与过去用干布擦是一个道理,可以刺激皮肤的毛细血管,使皮肤保持年轻,而酸性的柑橘类富含维生素,有美白效果。

看来就是这细皮嫩肉把青木先生和宍户先生给迷住了。

来栖一时也看呆了。这时,雪枝女士满面乖巧地说道:

"院长,这事惊扰到您,真是很抱歉。"

来栖从一开始就不打算介入入住者的个人恋爱问题。

"恋爱公开也没关系,但公开吵架可不好啊。"

"以后注意。"

雪枝女士又道了一次歉。

"可是,男人为什么要那么顶真呢?"

"还不是因为他俩都喜欢你呗。"

"年纪都那么大了,大家不能活得再轻松一点吗?"

在雪枝女士看来,两个男人为自己打架简直是莫名其妙。

"他俩都想独占你吧。"

"那我跟院长您说实话吧,这俩人都很好。对他俩我都会好好珍惜。"

"这可不容易做到啊。"

尤其是宍户那样的耿直男人,恐怕难以忍受这种共享关系。

"听说你带他们去的是同一个旅馆?"

"实在不好意思,因为那家旅馆很放心,所以常去,结果就……"

"男人比你们女人想象的更爱吃醋。"

"我算是真正领教了。"

在银座混了那么多年,对男人的心理早已了如指掌。一副无辜的样子,或许正是她的魅力。

"以后请稍微注意一下,就……"

当然来栖不是想说"就可以了",他想快点结束谈话。

这时,雪枝女士突然说道:

"有件事想问问您,可以吗?"说着,她调皮地瞟了来栖一眼,"你打算把冈本女士怎么办呢?"

"什么怎么办?……"

"那个人喜欢院长,每天都在想您呢。"

她说的是七一〇室的冈本杏子女士。她夜里常来电话,没头没绪地说个没完。来栖总是差不多就挂断电话。

"我没想怎么办啊……"

"那她太可怜了。"

听说雪枝女士和杏子女士关系很好,她要找我谈的就是这个事吗?

"因为遭院长冷落,她才开始放纵的。"

把冈本杏子女士的变故都算到自己头上,来栖不知如何回答是好。她喜欢理疗师藤谷,腿都好了还去按摩,送各种礼物,弄得年轻人很为难。其实,杏子女士才是始作俑者。

"刚才你说她开始放纵了是怎么回事?"

"她经常光顾六本木的牛郎店。"

牛郎店就是男服务员为女性服务的地方,客人多是有钱太太或女实业家等。

"她去那种地方……"

杏子女士的丈夫曾经是商界大腕,留下了相当可观的遗产,钱是足够她花的,但是,听到这位太太竟然会出入那种地方,来栖还是感到很意外。

"开始是江波女士带她去的。"

原空姐江波玲香女士去那里并不奇怪。

"在银座上班的时候,我陪人去过。"

常年在银座经营酒吧、魅力四射的雪枝女士不愿意去那种地方也在情理之中,可是杏子女士真的喜欢那种地方吗?

来栖想象着玲香女士和杏子女士待在那里的样子。

来栖当然没去过。靡靡情调的音乐中,对对男女坐在灯光昏暗的包厢里,年轻小伙陪酒陪聊、伺候女宾。光想象这些他就难以接受,但对于被立木先生冷落的玲香女士和长期服侍古板丈夫的杏子女士来说,这里很可能是个新鲜又舒坦的新天地。

玲香和杏子都是七十多岁的人了,两人加起来超过了一百四十岁。这样的老女人喝着鸡尾酒和年轻的男人聊天的情形，用雪枝女士的话来说，的确太惨了。

"我没有去过，不太清楚。你说那种地方的男人，如果客人要求的话会有求必应吗？"

"当然，但得花不少钱。"

"那么，她们俩都……"

"没有，她们只是喜欢在那个地方被哄着的幸福感。不过，杏子女士曾经被他们逼得差点逃出来。"

"有这事？"

"对方以为她有钱吧。打那以后，她就害怕了，再没去过。"

听她这么一说，来栖想起来了，那天深夜，杏子女士突然哭哭啼啼地打电话来，说"我是个坏透的女人"等莫名其妙的话，难道跟她去那种店有关？

"不过，她是喜欢那地方才去的吧。"

"不是的。院长真的不明白吗？"

来栖还是不明白。

"因为院长太冷淡了。"

"冷淡？"

"是啊。杏子是真心地爱院长的。"

"怎么会？……"

"我没有骗您。院长，您就尽量帮帮她吧。"

尽量帮帮她，来栖根本没那个意思，怎么帮啊？！

"这件事可不好办……"

来栖为难地说。雪枝女士凑近问道：

"不过，您也并不是特别讨厌她吧？"

"那当然……"

虽然并不讨厌,但这和喜欢、迷恋完全是两回事。来栖对于任何一个入住者都没有产生过这种情感。

"她不是喜欢年轻的男性吗?"

来栖问道,他没有提及理疗师。

"她是在江波女士的怂恿下才去那里的,但她讨厌那种地方的年轻人,还是像院长这样的最理想……"

这话听起来让人愉快,可是,再怎么说也不能如愿以偿。

"她好像知道院长有年轻女人。"

她确实问过他一次,当时他挺慌的。

"她说她不在乎。"

"什么意思啊?"来栖问道。

雪枝女士再凑近,像说悄悄话似的说道:

"她想让您抱抱她……"

在院长室里,听到有人说这话还是第一次。

"已经说过好多次了,我压根儿没那个意思……"

"这个我知道。先生才五十多岁,比杏子年轻得多,又是院长,喜欢您的人自然多了去了。"

这算是赞美,还是讥讽?来栖觉得该结束谈话了,可是,雪枝女士探过身子来,问道:

"院长不是已经抱过她一次了吗?"

"抱过?"

"她高兴地跟我说,您在她房间里很温柔地抱过她呢。"

的确有这回事,在杏子女士的房间里,来栖抱过她一次。

可是,那次是她请自己去她房间的。原本是和理疗部长一起去的,结果部长被轰走,只剩下自己一人了。谈完事要走的时候,对方突然抱住了自己。

来栖吓了一跳,可又不好生硬推开,只好把手放在她的后背僵硬地站着。其间,她把脸埋在来栖的胸前。正尴尬时,幸亏手机铃响救了他一命。事情的经过就是这样。

所有这一切都是被动的,与来栖的本人意愿无关。可是,说成在房间里温柔地搂抱了她会引起误解的。

"我只是,是冈本女士突然靠过来,所以……"

"我明白。院长想说什么,我都明白。"

既然如此,就不要再说了,来栖心里想。雪枝女士嫣然一笑:

"女人的心就是这样。被女人瞄上了,男人很难办呐。把女人迷恋得神魂颠倒就得负责任噢。"

简直是岂有此理?来栖有点生气,雪枝女士仍自顾自地往下说:

"院长很伟大,没有冷淡地推开她。"

这谈话不能再继续下去了,来栖正要站起身,雪枝女士依然冷静地说:

"总之,我这次来就是为她传一句话。您只要知道,她实在是太喜欢您了,一天到晚都在想念您,就够了。"

"可是……"

"她说,在死之前,哪怕一次也好,希望被您拥抱。"

说完这话,雪枝女士站起来走了。可是她的话在来栖的脑海里翻滚。

首先,他知道冈本杏子女士对自己有好感,因此就必须拥抱她,这理由属于蛮不讲理。而且,听她的话音,好像被喜欢的一方有错似的,真是瞎胡闹。

换句话说,她明知蛮不讲理,但还要来找话茬,这就不好对付了。

"死之前,哪怕一次也好……"杏子确实语出惊人,来栖自叹不如。

说实话,从来没人对来栖说过这样的话。

换个角度看,正因为是老年女性说的话才更有震撼力。年轻女性是绝对不会说"死之前,哪怕一次也好"这样的话的。

想着想着,来栖莫名地被某种豪迈的情感所笼罩。

"死之前,哪怕一次也好,希望被您拥抱。"

来栖自言自语,这话里到底隐藏着多少女人的执念?

想到这儿,来栖紧张地摇起头来。

"慌什么……"

来栖给自己打打气。想想,无论是雪枝女士还是杏子女士,她们都敢把自己的想法直言相告,不得不钦佩女人身上的可怕能量。

见过雪枝女士后的第二天,来栖和麻子见了面。

麻子刚刚校完稿,显得有些疲惫。

校稿时,她只是随便吃了点便利店买的便当,所以完工后想吃点有营养的,于是来栖带她去了 Et Alors 附近位于京桥的法式餐馆。

"总算活过来了。"麻子边说边大口地啃着羊排。

来栖记得她喜欢吃公寓食堂里的羊排。

在食堂,可自由选择日餐和西餐。八成的人吃日餐,剩下的两成人吃西餐。

一般来说,高脂肪高卡路里的西餐对老年人不利,但来栖并不这么认为。日餐的确脂肪含量低,但碳水化合物较多,容易导致肥胖。七十岁以后,多吃肉类和火腿的人比多吃日餐的人皮肤更有光泽、身体更健康。

麻子还年轻,想吃肉很正常。

好久没来高级餐馆了,麻子自然心情愉快。来栖对麻子大致说了一遍昨天雪枝女士跟他说的话。

"真是令人吃惊啊。"来栖说着,轻轻叹了口气,"被七十岁的老女人追求,我还是第一次啊。"

这时,麻子拿着刀叉轻声道:

"那你就跟她睡好了。"

她若无其事地用刀叉切割着盘子里的羊肉。

"你说跟她睡好了,你真的无所谓吗?"

"她不是希望你这么做吗?"

到底是怎么回事?一般女的肯定会说"别干这傻事",而麻子却很平静地说"你跟她睡好了"。

来栖深感意外,但转念一想,麻子一向头脑清醒,凡事不钻牛角尖。她并不是不爱他,但遇事总是淡然处之、从不黏糊,这一点正是麻子的魅力所在。

见麻子并不反对,来栖反而觉得有些可恨,故意说道:"你的意思是,因为对方是七十一岁的女的,所以没关系吗?"

"不是这个意思啊。"麻子反驳道,"这不是第一次有人对你说'死之前,哪怕一次也好'吗?"

的确,从没有人这么对他说过,来栖的确被这句话感动到了。

"所以,你就跟她睡好了。"

麻子淡淡地说道。也许她很自信,即使这么做了,来栖也不会离开她。想到这点,来栖感到有点后怕,遗憾的是他现在又不得不承认这一点。

"那就试试看吧。"

来栖将计就计。麻子扑哧一笑。

"不过,能干得出色吗?"

"当然。"

说完,来栖感到不安起来。

"干得不出色反而很失礼噢。"

话说到这份儿上,来栖哭笑不得。

"还是算了吧。"

老年人自不待言,来栖这一代或是再年轻一代的青年人,相比而言,基本上都是女性精力旺盛,男人恐怕都不是女人的对手。

第七章　自娱自乐

　　Et Alors 的卡拉 OK 大赛是在十月初的星期六晚上举行的。

　　入住者大多是退休之人,并非一定要在周末举办,但是,对于来看演出的家属和朋友来说,周五或周六晚上比较放松,所以,安排这个时间对大家都比较合适。

　　由于原有的卡拉 OK 厅太狭小,所以卡拉 OK 大赛的会场临时改在了八楼食堂。晚餐后,把餐桌靠边,空出来的地方除作为观众席外,正中央还搭了一个舞台。

　　卡拉 OK 大赛分为春秋两季,一年举办两次。由于大家积极参与,每次比赛都搞得热闹非凡,一年胜过一年。这次有三十人左右登场,颇具规模。演唱的曲子虽都是怀旧歌曲,但老年人放声高唱喜欢的歌曲有益身心健康。这次大家都摩拳擦掌,准备大显身手。

　　按照惯例,评委组长由来栖担任,评审委员是总务长和护士长,本来一直作为入住者代表的评委青木先生本次推辞不参加。

　　有人写匿名信,认为青木先生是音乐学院的大学教授,为保证评审的公正性,入住者不参评为佳。所以,从今年起,不再请他担任评委。

写这封匿名信的很可能是因为吃雪枝女士的醋而和青木干架的宍户先生。不过,不管怎样,保证评审的公正透明是必须的。

这样一来,评委全由公司职员担任。说实话,来栖在唱功上没自信,好在总务长和护士长都是卡拉OK高手。万一拿不定主意,笃定有背书。

因此,来栖的任务就是颁发奖品。一等奖是高清彩电,二等奖是手提电脑,三等奖是按摩椅。

评选的标准是首先唱功要好,其次服装和表演是否新颖有趣、能否调动气氛的人气度等都是参评依据。

这个活动也是按照来栖的一贯指示开展的。人越是上了年纪,越要多动脑子,才能心情愉悦地生活。入住者们也在绞尽脑汁、秘密筹划,准备一展风采。

究竟谁能拔得头筹,只有等到最后揭晓的那一刻。

卡拉OK大赛于周六晚八点隆重开唱。

舞台左边是一组卡拉OK音响设备,演唱者要走到音响前拿起麦克风唱歌。舞台右侧坐着来栖以及另外两位评委。

主持人是心理咨询员小畑先生,他首先请来栖上台讲话。来栖简短地一句:"请大家一展歌喉,绝不输给年轻人,赢得头奖。"然后宣布大赛开始。一瞬间,彩色聚光灯打向舞台中央,第一首歌的前奏随之响起。

第一个登场的是五〇二室八十五岁的中野优美女士。色彩鲜艳的连衣裙裹着胖胖的身材,拿起麦克风的她嫣然一笑。

"第一位出场的是中野优美,歌曲是《离别布鲁斯》。"

掌声响起。从正中央靠后的席位传来"加油,淡谷法子"的喊声。

这首歌是淡谷法子的成名曲,直到八十岁她还在唱。优美女士也模仿原唱那样袒露前胸,她略显凶相的表情也酷似淡谷法子,可要命的是唱功跟不上。

唱到"打开窗户,眺望海港……"处还唱得上去,等唱到高音部"夜风吹拂海浪,我的爱随风飘去……"时就显得很吃力。此时,观众席中飞来女人加油声"阿优!",在观众的声援下她好歹唱完,获得一片叫好。

满分是5分,不管她唱功怎样,但看长相和扮相酷似淡谷法子这一点,来栖就给了她4分。

第二个出场的是原空姐江波玲香女士,她身材高挑,穿着黑色晚礼服,一身女扮男装行头,一手拿着礼帽,唱起《恋爱的季节》。她是主唱,身后还有三位七老八十的男士伴唱。

这三个老男人的动作只需配合玲香女士唱到"我爱上了他……"时左右摇摆双手即可。可总有人合不上她的拍子,然后又忙乱地跟着旁边的人调整动作,逗得大家大笑。

三个老男人中的其中一位就是差点儿和玲香女士结婚的立木先生,他拼命地挥舞着双手,但动作不对,像投降一样。

主持人宣布的下一位参赛者刚一登台,台下就传来"哇哦——"的呼声。

身着红色超短裙、站在舞台中央的是今年七十七岁的中村绫子女士。音箱里流淌出来的前奏曲是美空云雀的《火红的太阳》。

不愧是百货店推销员,大红的裙子合身得体。裙摆超短,仅在膝盖以上二十厘米处,里面穿着网眼连裤袜。当她搔首弄姿、扭动身躯、活力四射地演唱"火红的太阳……"时,淡蓝色的内裤隐约可见。

服装满分,歌声高亢,虽然脸上的妆化得浓厚,但再怎么样也没法和美空云雀相媲美。

而这种不协调感反而获得了大家狂赞,甚至有人起哄"走光,走光,最荣光!"。因超强人气和大胆扮相,来栖给了5分。

下一个出场的是市泽先生和情人的男女对唱,他们选的歌在人们的意料之中,或者说是理所当然,是《银座爱情物语》。

当唱到"内心深处,尽情诉说……"时,两人贴着脸,台下顿时响起"好!"的叫声,也有人喊"太过啦",引得一片哄堂大笑。

接下来闪亮登场的是原银座老板娘雪枝女士。她身着黑色长裙,胸口戴着闪闪发光的珍珠项链,尽显当年的风采,她唱的是藤圭子的《梦在夜里绽放》。

"十五、十六、十七,我的人生多暗淡……"她的嗓音韵味十足,大家都被迷住了。唱到第三段时,她猛一侧身,从长裙开衩处露出得意非凡的白大腿,与此同时,双眼环视台下。

"昨天是武广,今天是一郎,明天是重雄还是幸平?"一个个点起男人的名字,使得全场炸了锅。

来栖身旁的总务长会心一笑。明白第一个武广是指宍户,一郎是青木一郎,二人都曾和她去过情人旅馆。第三个重雄应该是有绯闻嫌疑的立木重雄吧,而最后那位幸平,则是看激情电影时不由自主地站起来敬军礼的那个松尾幸平。

被点名的男人都难为情地低下头,真是既可爱又好笑,全场因此而沸腾。对前三个男人,大家都有所耳闻,后面加上一个毫不相干的松尾,意外巧妙、喜剧效果十足。

无论是现场气氛的调动还是别具一格的创意,来栖打了 5 分。

前几位全是女士,演唱水准也高,女士阵容占据优势。

女人往往喜欢在舞台上充分展示自己,但男人们总是相对保守放不开。

进行过半,男士阵容稍有动静,打开局面的是宍户先生。

他一改怀旧风格,穿上俏皮的条纹衬衫,秒变青春小伙,唱起了冰川清志的《箱根八里的半次郎》。明快跳跃的节奏,大家跟着他拍手鼓掌,唱到高潮"讨厌讨厌,真讨厌"时,好像是报复刚才雪枝点名自己一样,也用手指着雪枝女士所在的方向。

这又引起全场爆笑。紧接着,又指着坐在前排、一直绷着老脸的青木先生,反复唱着"讨厌讨厌,真讨厌"。

凡是知道两个干架的人都使劲拍手,青木先生只好瞧着别处苦笑。

誓与男士比高低的桥本夫人登台演唱的是都春美的《来自北国的旅馆》。

感情深藏不露的她当唱到"我含着热泪,织着你再也不会穿上身的毛衣……"时,大概是想起了已故的丈夫,她热泪盈眶、充满了激情,赢得了满堂喝彩。

卡拉 OK 大赛渐近尾声,人们开始猜测起前几名获奖者。从来栖的打分来看,唱《恋爱的季节》的江波女士排在第一位。点了四个男人的名字、让台下沸腾的雪枝女士和穿超短裙唱《火红的太阳》的中村绫子女士也是有力的竞争者。

目前还难分高下。此时,以舍我其谁的架势登场的是大家公认的花花公子立木先生,他居然选了一首《有时如娼妇》。

没几根头发,还把嘴唇涂得血红,穿着不知向谁借来的黑色吊带裙和黑色长筒袜,挺着微微凸起的肚子,袒胸露背、阴阳怪气地唱着歌。

他边唱边双眼直视雪枝女士,引得大家又一阵哄堂大笑。

就这样,男士阵容有了起色,胜负伯仲之间。最后一位登场的是意在一决雌雄的冈本杏子女士。她素有唱歌好的口碑,这次会唱什么歌呢?大家屏息等待,扩音器里传出的前奏曲是森昌子的《先生》。

她穿着中学女生的水兵服,背着书包,头梳麻花辫,估计是假发套,一个七十一岁女学生打扮。脸上的妆化得很浓,像个猴屁股,微微驼背和内八字腿,傻得没话可讲,但歌唱得让人没话可讲。

为了表现女生的纯情可爱,她屁颠屁颠上下摇摆身体,唱起"淡淡初恋消失的那天,小雨淅淅沥沥下个不停……"。

这熟悉的旋律唤起了大家的学生时代,女人们齐声跟着她唱。于是杏子唱得更起劲了。

"幼稚的我,心在燃烧,朝思暮想的人,是……"她突然一转身,手指向来栖,"先生,先生,那就是先生。"

全场的女人们也都朝来栖看去,齐声合唱"先生,先生"。

这到底是怎么回事啊?这意想不到的局面,让来栖手足无措。

才发现拿着话筒的杏子女士直勾勾地盯着自己,全场的人都在为她鼓掌,来栖没反应不行。

他不得已挥挥手,表示"谢谢"。此时,杏子女士提高八度,唱完最后一句"那就是先生"。来栖这才松了一口气。

卡拉OK大赛顺利结束了。那么,如何评选?

评委们移步到隔壁房间,唱得不过瘾的人在边唱边等结果。

来栖一边擦汗一边和总务长、护士长热议着。票数集中在演唱《恋爱的季节》的玲香女士、演唱《火红的太阳》的绫子女士、演唱《梦在夜里绽放》的雪枝女士和激情演唱《先生》的杏子女士上。男性阵容则集中在演唱《有时如娼妇》的立木先生、演唱《箱根八里的半次郎》的宍户先生上。

对于谁得一等奖，三个评委的意见不统一。总务长和护士长认为应该选冈本杏子女士，理由是她的歌唱得好、女生扮相好，还全身心地投入，这一点尤为可爱。可是，来栖觉得大家起哄大唱自己"先生"是否有碍公允，但另两位评委据理以争，来栖就不再坚持了。

二等奖是演唱《恋爱的季节》的江波玲香女士。三等奖是唱"真讨厌"的宍户先生。特别奖分别颁给了穿超短裙、泼辣的绫子女士，一个个点名、让男人们出洋相的雪枝女士和穿黑色吊带裙、装扮娼妇的立木先生等四个人。

特别奖的奖品是羽绒被，参赛奖是每人一条护膝小毛毯。

评选结果决定后，三个人返回大厅，开始由主持人宣布成绩，并由来栖颁发奖品。

"一等奖是演唱《先生》的冈本杏子女士。"

话音刚落，全场顿时响起一片"噢——"的欢呼声。

杏子女士从观众席的最右边站起来。她还穿着水兵服，妆也没有卸，不好意思地上了台。

无论多大年纪，获奖总是一件开心的事。

来栖宣读获奖评语。"在 Et Alors 的卡拉 OK 大赛中，你以出类拔萃的演唱力和魅力四射的表现力让现场沸腾……"，并把高清彩电的奖品单递到她的手中。

"太高兴了。"杏子女士耸了耸肩，突然抱住来栖。

来得太突然了,来栖不由得跄跄了一下,赶紧站稳脚跟,调整好站姿。这一番推搡,把杏子女士的假发弄歪了,显得滑稽可笑,又逗得人们笑得前仰后合。

好不容易挣脱后,来栖开始颁二等奖。玲香女士率领三位伴舞的男士站到了台上,接受了奖状后,当被问到"奖品打算怎么安排"时,她说:"他们三个都不会用电脑,所以归我,回头请他们吃饭。"台下又有人喊:"也带上我……"

三等奖是宍户先生。他高高地举起按摩椅的奖品单,说:"真解气。"看来跟青木先生打架那事还没过期。

来栖给雪枝女士、绫子女士、立木先生等四人颁发了特别奖后,先是获奖者合影,然后是全体参赛者合影,至此大赛圆满结束。

大多数人还沉浸在兴奋中,纷纷移步隔壁酒吧,继续议论、喝酒、跳舞。

来栖完成任务,想跟大家告辞回院长室时,杏子女士贴上来问道:

"院长,一起喝一杯吧。"

"今晚不行……"

面对七十一岁女生乞求的目光,答应她去喝酒的话,不知会惹什么事,来栖想想就后怕。

"我还有点儿事……"

"您是想躲开我吧?"

"不是,今晚真的有事……"

"反正我是不会放弃的。"

女生,只是其外表扮相;里子,才是包含着丰富人生阅历的女人真相。

那天晚上,八楼的酒吧里挤满了从卡拉 OK 会场蜂拥而至的人。

大多数人继续唱歌、喝酒、跳舞,也有人喝醉的。听说杏子女士也去了,来栖觉得早早脱身是个正确选择。不过,后来听说大家临近结束时,在酒吧发生了一件不愉快的事。

据第二天护士长的汇报说,唱《箱根八里的半次郎》的宍户先生和五一〇室的庄司先生吵起来了。

这两个人平时又不怎么来往,怎么会吵起来？来栖觉得蹊跷。起因还在雪枝女士身上。

"我也没留意他们是怎么吵的。起初好像是庄司先生和雪枝女士有纠葛,宍户先生插了进去,结果,庄司先生和宍户先生干上了。"

宍户先生喜欢雪枝女士,为她还和钢琴家青木先生干过架。或许是平民出身,他常意气用事爱打架。

"这么说,是宍户先生为雪枝女士打抱不平了？"

"是这么回事。宍户先生自封是雪枝女士的亲卫队长。"

有点鲁莽自信,他真把自己当成雪枝女士的贴身保镖了。

"为什么庄司先生和雪枝女士有纠葛呢？"

庄司先生今年七十八岁,单身,曾当过文部省的局长,是个优等官员,他性格稳重,怎么也不像是跟女人吵架的人。

"我也说不清到底是怎么回事。"

这时,护士长环视了一下四周,压低声说:

"庄司先生好像对雪枝女士说了很过分的话。"

"很过分的话？"

"是的。骂她是个妓女。"

"妓女?……"

身为原文部省高级官员,怎么会这样口无遮拦呢?

要是被人这么骂,雪枝女士当然会生气了。

"这太过分了。"

来栖感到这事很蹊跷,问道:"为什么这么骂呢?"

"我也觉得很过分,但是,好像事出有因……"

"事出有因?"

"嗯。这个嘛,我以前也听到一点风声……"

一向快人快语的护士长今天难得吞吞吐吐:

"那位雪枝女士,好像跟好几个男的都有关系,这个您知道吧?"

来栖也耳有所闻,宍户先生和青木先生打架也是因为他亲眼看见雪枝女士和青木先生进了同一情人旅馆。此外,她与立木先生也有染。不过,雪枝女士对这些传闻并不刻意去掩饰。

实际上,在昨晚的卡拉OK大赛上,她不是照样大大方方地唱着"昨天是武广,今天是一郎,明天是重雄还是幸平"吗?还点着名手指着他们。

"她唱歌就是为了点这四个男人的名。"

"还不只是点名。"

"还有其他人?"

"她比较开放……"

"开放?"

来栖觉得挺新鲜。

"她和庄司先生好像也有关系,据说她还收钱呢。"

"不可能吧？……"

雪枝女士和好几个男人有关系，还收费，怎么可能？

"肯定没错。就是因为这个才和庄司先生有矛盾的。"

"因为这个……"

"庄司先生听说雪枝女士是收钱的，提出希望交往，但被拒绝了。"

为何要拒绝呢？

"他们俩以前有过关系，后来雪枝女士讨厌他，就拒绝了。"

"真难以置信啊……"

说实话，来栖还是半信半疑的。

雪枝女士在入住者中不仅年轻漂亮，而且善于交际。至今，还有不少银座时期的崇拜者来找她。她的男人缘可见一斑。

但是，都做到银座妈妈桑的地位了，早过上了悠闲自在的日子，何至于作践自己呢？

若真有此事，以她现龄六十五岁的身份，在日本也称得上是高龄的了。来栖越想越觉得难以置信。

"她这么做不至于想挣钱吧？"

"我也这么想。"

护士长点点头。来栖下决心问道：

"她每次收多少钱？"

"说起来很可笑，据说是一千日元。"

"一千日元？"

来栖不相信自己的耳朵，又问了一遍。

对此，来栖是见都没见过、听也没听说过。

"不会吧？……"

"是真的。宍户先生亲口说的。"

"那么,宍户先生每次也付一千日元吗?"

"好像是的。"

一千日元就能以身相许,来栖不相信这个世上还有这样的女人。

"才一千日元啊……"

来栖自言自语。护士长半开玩喜地说:"院长也有想法吗?"

"没有,没有。"

被护士长吃豆腐,来栖忙不迭彻底否定。一千日元这个价格究竟是凭什么来定的呢?仅仅因为六十五岁就优惠打折吗?只要不说她的年龄,说她是活色生香五十岁的女人也说得过去。

"仅对宍户先生一人是这样吧?"

"不是,对所有人都一样,这是立木先生说的。"

真是越来越邪乎了。护士长接着说:

"青木先生也说过,一律一千日元,平等对待,开房费由男人出。"

这很自然。即便如此,一千日元也便宜得让人费解。

"理解不了……"

"我也是。有次悄悄地向雪枝女士确认,她笑着对我说:'这是自尊!'……"

"自尊?"

"是啊。免费的话,太愚蠢了,所以只收一千日元。"

"也就是说,这意味她不只是为了玩。"

"大概吧。雪枝女士可能想做个高贵的妓女吧。"

"高贵的妓女……"

卖淫也有品位,来栖从来没听说过,更何况高雅的妓女,这个词也是第一次听说。

卖淫在所有人的眼里都被看作是肮脏可耻的行为。

尽管没听她亲口说,但她虽然做着形同卖淫的事,却在内心坚信高贵、收钱是自尊。这种平淡又坦然的真性情谁能理解?

来栖之所以会这么想,是因为以前他读过一本有关描写荷兰养老院老年人性生活的书。

在荷兰的养老院里竟公然允许高龄和身体残疾者召妓。

理由是,因年老或身体有疾外出寻求性快乐时,极有可能被人糊弄或遭遇坑蒙拐骗的危险。

因此,即使身体有疾,也应有享受性生活的权利。

基于这种想法,还有地方自治体提供经费补助。

有了自治体的护驾保航,身残者就没必要去危险场所了,更不会被坑骗。

根据这篇报告,每次支付一百五到两百荷兰盾,约一万日元,老人们就可以享受性的快乐。

初次看到这样的报告,来栖既惊又喜。

这样的措施也只有在性宽容的荷兰才行得通,如果像日本这样把性视为卑劣肮脏的国度,可能就是大逆不道了。

渐渐地,来栖的天平向认可雪枝女士一边倾斜了。

即使不看荷兰的福利设施,享受性的愉悦是人类共同的心愿,也是人情人性的原点,不能因为是老年人和残疾人就不顾不管。

虽然这么想,但荷兰的情况和 Et Alors 也不能相提并论。

因为,在荷兰接受自治体援助的只限于上年纪的穷人和身有残疾的人。住在 Et Alors 里的人大多身体健康,经济上也宽裕,自治体是没有必要动用国家税收援助他们这些人的。

然而,来栖考虑的并不是钱的问题,而是对于性的看法。

迄今为止,在日本一直把性事视为耻事,老年人更是与性无缘的存在。即便本人不那么想,周围的人也认为必须这样。

荷兰人的想法与此完全相反,无论是老年人还是残疾人都有享受性快乐的权利,全社会都有责任帮助他们实现这样的愿望。

来栖真希望这种对于性的宽容态度也能够在日本得到广泛推广,至少在 Et Alors,这种性需求也能得到重视。

从此观点出发,没有必要再对雪枝女士的所作所为横加指责。不仅如此,她让男人分享了她的爱,使他们体验到幸福感,不正是一个"高贵"的妓女吗?

实际上,如果没有像她这样的女人去付出的话,上年纪的男人是很难品味到性的愉悦的。

其实,男人到了七十岁或八十岁时,即便有喜欢的女人,也没勇气或自信求爱。即便表达爱慕之情,多半也会被不当回事不予理睬。

对于这些男人来说,可能只有像雪枝这样的女人才能给予他们安慰和勇气。

还有一个问题,满足了老年男人的性要求,那么如何才能满足老年女人的性愿望呢?仅仅满足男性要求而置女性于不顾,明显不公平。

其实,在荷兰也面临同样的问题,也探讨了各种方案,但最终并未得到根本的解决。

来栖想起了在日本老人院进行的有关老年人性生活的调查报告。

调查报告显示,男性九成以上、女性八成以上回答有性欲,只是性欲的含义男女有别。

首先,有关欲求,男性几乎都以性交为中心,追求的是性行为本身,而大多数女性以寻求与异性的心灵交流或精神安慰为主,只有极少数渴望肉体接触,但也仅限于肌肤接触或握握手之类,追求性行为的只是极少数。

由此可清晰地看到,相对于单纯明了的男性欲求,女性所追求的更复杂更丰富、更精神性更个性化。但越这样,就越难满足。

譬如,有位老年女性出于精神需求,提出"想找个喝茶的男人",即使找来这样的男性,也未必能让她们感到满足,或借口话不投机,请求再派一个更年轻的男性来。幸亏老人福利机构里年轻和蔼的男性有很多,派个年轻人去,老太太立刻眉开眼笑,于是乎,又死活不肯放手。

被派去的男性事先讲好陪老太太聊一两个小时,所以时间一到,他们当然起身就走。可是,雇主不放,结果双方发生了争执。有的老太太竟想出歪点子,自己把钱包藏起来,却谎称钱包不见了,叫年轻男人走不成。

相对来说,提供肉体服务简单痛快,脱了衣服性交即可。所以,妓女们以此行为按时收费。

然而,到了精神层面的服务就没时间概念了。总不能陪着喝茶聊天、点头应付一个小时后说声"好了,再见"抬腿就走吧。就算是特别会说话的职业陪聊者,因为没有心灵交流,所以也不会持久。

总之,心灵护理难之又难,不仅要能站在对方的立场上思考,而且还要心善如水、义气似侠,而那些被派去陪着喝茶聊天的年轻男人是很难达到这个高度的。

有的男人会说,与其陪女人聊天,他宁可给她做一个小时的按摩或指压。或者,从某种意义上说,还不如性交来得痛快。

话说男人性交,首先要有个勃起的预热阶段。麻烦的是男人那东西并非完全依靠自己的意志行动,往往会因对象不同或者强硬或者微软。更何况面对跟自己的祖母年龄差不多的老妪,能够有自信勃起的男人更是屈指可数。

如此看来,世上虽无难事,但没有比满足女性的性欲更难的事了。如果只寻求性快乐还好说,但若加入了感情的因素,甚至寻求精神安慰的话,那几乎就是不可能的了。

有关性,来栖终于意识到:男人简单,女人复杂。

说白了,男人只要与女人有性关系,欲求就基本能得到满足。当然,心善柔情和替人着想的精神层面也需要,但讲极端一点,其实只要有性行为,男人基本上就心平气和了。

但女人,仅靠性交就能满足的几乎为零。在此之前,要有爱、要心心相印,其后才是以性交的方式予以接纳。女人多半如此。

总之,男之初,性本位;女之初,爱为先。男人看中肉体,女人注重灵魂。要满足女性,首先需要有打动春心、灵魂出窍的精神作用方能生效。

雪枝女士这情况,是否断言为卖淫行为还有待商榷。尽管以身相许、以性相交,但代价仅是一千日元的收费实在少得可怜。况且,对人还划分为可交与不可交,这种随心所欲的作风好像也有悖于"职业操守"。

本来,仅凭护士长的汇报,感觉雪枝女士最多不过是玩玩"大人的游戏"而已。而男人们为她争风吃醋闹成这样,来栖觉得有问题。

已有一次宍户先生和青木先生的争执，这回又是庄司先生骂她，因雪枝女士而起的瓜葛纠纷也太多了。

还是应该找她谈谈，引起重视。明确告诉她别搞得太明显了。上回没谈透。

来栖告诉护士长让雪枝女士到院长室来一趟。

第二天下午四点刚过，雪枝女士来到院长室。听见敲门，来栖说声"请进"，只见她缩着脖子像只偷腥猫似的钻了进来。上次穿的是领口开得很低的藏青色连衣裙，肩头搭了条淡蓝色丝巾。今天是长裙配酒红色毛衣，领口依旧开得很低，一条细细的金项链熠熠闪光。本来肤色就白，加上精心保养，更是妖艳照人，难怪男人痴迷。

"您找我，真高兴。"

"请坐吧。"

来栖示意面前的沙发。

"这个送给您。"雪枝女士说着，从手提包里拿出一个一眼就认出是爱马仕牌的包装盒。

"不用这样……"来栖没有理由接受。

雪枝女士说：

"尽给您添麻烦，挺过意不去的，早就想表示一下我的歉意了。"

她硬是将礼物塞了过来，来栖难以推辞。

"不好意思。"来栖不打开看又恐失礼地边说边打开包装，是领带。明亮的橘黄色底上交错排列着淡黄色和淡灰色的小蘑菇，应季秋天佩戴。

"这是我好不容易才买到的,绝对适合先生。请您一定要戴啊。"

说到这份儿上不收不好,"那就收下了。"来栖把领带放回了盒子里,不觉有些出师不利之感。

重整旗鼓地开口道:"今天特意把你请来,是为了……"

雪枝女士立刻摆摆右手,说:"我知道,是关于宍户先生和庄司先生的事吧?您说,男人怎么那么孩子气啊?"

来栖一时无言以对,含含糊糊地说:"这个嘛……"

"这话我只跟您说,他们都这么大岁数了,怎么还那么小儿科呀?"

一上来,就被雪枝女士牵着鼻子走了。

来栖原想先听听雪枝女士怎么说,再泼上一盆冷水:"听说宍户先生又和庄司先生打起来了……"但现在看来雪枝女士是有备而来。

"就是啊。那位庄司脸皮厚很无赖,自以为比谁都了不起。"

庄司先生是原文部省官员,本就自命不凡,难道在男女之事上也要霸道吗?

"所以,我就不想搭理他。于是,他恼羞成怒,就和宍户先生吵了起来,真够无聊的。"

听下来,确实够无聊的。不过,就因为这点事,两个大男人会吵起来吗?

"庄司先生对你说了什么失礼的话吗?"

据护士长说庄司先生骂雪枝女士了,来栖想了解一下这方面的情况。雪枝女士很坦率地点点头,说:

"我这么说,您听了可能会感到吃惊,其实我并没有特别喜欢谁。庄司先生和宍户先生都一样。只是大家都对我有好感,所以……"

说到这儿,雪枝女士问:"我可以吸烟吗?"她从名牌包里抽出一支薄荷细长型香烟来,抽了一口,说:"跟您说实话,在我这个年纪,还有男人追也是很荣幸的,所以,我也想尽可能地回报他们的好意。"

"每次,你都不想从他们那里得到什么吗?"来栖尖锐地问道。

雪枝女士微笑着回答:

"院长,您全知道啊。我确实每次收他们一千日元,所以,就是玩玩。"

"玩玩?"

"没错。正像立木先生所唱的那首歌一样,我只不过想体会一下那种感觉罢了。"

雪枝女士的话真是令人瞠目结舌。自己做着和妓女一样的事,却丝毫没有反省或顾忌。

"这么说你是以玩玩的心态和他们交往的?"

"是的。一千日元,一般人觉得不可思议。不过,这样就不必担心跟谁好不好的问题了。这么大年纪,还什么你情我爱的,多麻烦啊。"

来栖点点头,觉得也不无道理。

"跟您说实话,我现在和谁都不想怎样,不想陷进那种关系里。"

来栖以为人变老就会担忧老后的日子,只想和特定的人亲近,今天才恍然明白,居然还有像雪枝女士这样嫌麻烦的人。

"我一直是这么想的。"

"从什么时候?"

"从银座开店开始,我就觉得一个人自在。也许,谈一个固定的恋人,然后结婚,这是普遍想法,但我不这么想。要是一旦有绯闻传出,说妈妈桑跟某一男人关系很好的话,会得罪所有客户。所以呢,能干的妈妈桑得八面玲珑、男人似有非有,让人捉摸不定才能勾住客户。一旦被人知道是某个男人的女人,谁还愿意花钱来喝酒呢?"

说得不无道理。就算没野心追求妈妈桑,恐怕也没人愿去已有男伴的妈妈桑的店里喝酒吧。

"长期习惯了这样的生活方式,觉得还是一个人活得更自在。事到如今,再让我跟某一个人共同生活,根本不可能。"

"是这样啊……"

"我这辈子就是一个人随心所欲地活过来的,想干什么就干什么。我这种女人是不可能吊死在一根筋男人的树上的。"

雪枝女士似乎很了解自己的个性。换个角度看,她的生活方式或许对今后的老年群体是一个方向标般的启示。

首先,她不求伴侣或配偶,自己一人自由生活。

问题是寂寞难耐或生病看病时怎么办?好在她性格开朗、朋友也多,就算结婚,可能也还是配偶先走,最后剩下的还是她自己一人。既然如此,何不彻底想开坚持一人生活?这样反倒能独立自主、畅享人生。人各有志,人生百味,他人怎知我之乐?!这种老年人的活法,说不定具有参考价值。

大道理先搁一边,当务之急是解决由她引起的麻烦。

"拜托了,别闹到吵架这个程度总可以吧?"

来栖这么一说,雪枝女士把烟拧灭,说:

"这一点非常抱歉,是我的疏忽。没想到庄司是那样的人。"

"那样的人?"

"这话不知该不该说,我和那人就是合不来……"

她指的是不是性生活呢?来栖来了兴致。

"我已经没性趣了,可是他要,我拒绝了。所以,他就对我说了很难听的话,被宍户听到后就揍了他一拳。"

和上次一样,宍户先生俨然把自己当作雪枝的贴身保镖了。

"不过,男人还是挺可爱的,个个都那么顶真、那么较劲,谁都认为自己是最棒的……"

不知是来的时候喝了一点红酒,还是说到兴头上了,雪枝的眼角泛起了红晕。

"应该好好享受人生才对呀……"

来栖的眼前浮现出干劲十足的宍户、立木、庄司的样子。

想到这儿,来栖突然想问问她老年人性生活方面的问题。

当然,他看过的都是发表的数据统计,但是性交本身的实际情况怎样,至今还没有看到过触及具体情况的调查报告。

她不止和一个男性交往,应该知道不少情况。

"你交往的人好像都超过七十岁了,那方面还行吗?"

以为雪枝女士会有不悦,没想到她微笑着说:

"当然行啦。都跟年轻人一样……"

"不是吃了什么药吧?"

"宍户先生好像吃万艾可,其他人没明说,但我猜他们都吃壮阳药了。我只要一夸他们,个个都特别得意……"

来栖记得他曾经看过这样的数据,七十多岁回答"能够勃起"

的人占比为百分之二十三,八十多岁是百分之九,九十多岁是百分之三。尽管个体有差异,但相当多的老人是有能力的,这个数据令他感到惊讶。如果再加上服用壮阳药,老年人有性行为能力是理所当然的。

"大家都是老王卖瓜自卖自夸吧。"

"自夸没啥不好呀。"

"不是说不好,但是,这并不是老年生活的全部啊。"

黄昏时刻,怎么觉得谈话内容也有点异样了。

正如雪枝女士所说的那样,男人可能太在意自己的阳物了,满脑子只有性交。她认为,相对行为本身,前前后后营造的亲密感觉或氛围更重要。

"在这方面,男人也是各有千秋吧。"

来栖想借机好好听听雪枝女士的男性论。

"您说得很对,千人千面,有温柔体贴、处处为我着想的,也有直奔主题性急的人……"

温柔体贴大概是指钢琴家青木先生和花花公子立木先生,性急的人应该是宍户先生吧,来栖想象着。雪枝女士直接阐述:

"对女人来说,那个东西的大小真的无所谓,其实都是男人自己在幻想。比起这个,温柔地拥抱、热情地接吻就足以让我们女人感到满足。"

"不过,没有那个也不行吧?"

"当然。我是为了那个的,那都不是问题,只是那人……"

"庄司先生吗?"

雪枝女士直截了当地点头说:

"那人太差劲了,错把女人当仆人来使唤,命令这命令那,怪不得他夫人要离家跑掉呢。"

庄司先生一退休,夫人就提出了离婚,他现在孤独一人。原来,背后隐藏着的是这个原因。

"绝对绝对,随便那家伙怎么求,我都不会同意的。"

说起了不愉快的事,雪枝女士皱起了眉头。

"我已经说不愿意了,可他还要强求。我坚决拒绝后,他就骂我。您不觉得太过分了吗?"

确实太过分了。不过,她的所作所为与他的恶形恶状半斤八两。

"真是可笑。"雪枝女士扑哧一笑,决然地说道,"他那个特别小。"

这正是女人的可怕之处。说到最后,居然嘲笑"那个特别小"来报复骂自己的男人。正可谓魔女的致命一击不知使多少男人失去了信心。

来栖暗自提醒自己,以后可要提防女人。

"和其他人没摩擦吧?"来栖问道。

对讨厌的男人报了一箭之仇后,雪枝女士面显从容地说:

"其他人都很绅士,宍户先生看起来大大咧咧,其实心肠很好,总是夸我好看……"

看来她对宍户先生确实并不讨厌。

"立木不愧是花花公子,懂得如何取悦女人。青木先生是钢琴家,虽然身体素质不好,但手上功夫好……"

来栖差点笑出来。一个女人居然可以如此品味和点评一个个男人。

"看样子你很享受。"

"的确是。实话告诉你吧,这也是一种美容法。"

"接触男性?"

"每次都会得到他们的赞美。'真美呀''真年轻''太好看了'等,我就喜欢听恭维话。说心里话,就是为了听恭维话,我才这么做的。越听越感到幸福无比,更有精神了。"

性交有利于美容,乍一听觉得滑稽可笑,但如果由此感到幸福,大概就有美容效果吧。

"老人不要太死板,应该尽情地玩玩才对。"

雪枝女士说得很轻松,但对一般人来说,不是随便跟谁都可以的。

"说说玩玩,但也不是那么好玩的。"

"没错,日本的男人不会玩。"

听了雪枝女士的一席话后,来栖又产生了新的兴趣。比方说,老人之间的性交,男性即使勃起了也很难射精,这时该怎么办?还有,女人阴部干涩该如何顺利操作?

来栖觉得问这么深的问题恐怕有失面子,但转而又觉得今天的雪枝女士会放开话题。

"要是你不想谈也没关系……"

来栖先做了个铺垫。

"这样的啦,上了年纪肯定没年轻人那么顺畅了。有的人费了好长时间也射不出来,不过,他们还是高兴地说,只要碰在一起就够了,哪怕能伸进去一点点,也感到十分满足。也有的人要看看这、又要看看那,也有人只要摸摸就行。每个男人都很可爱。"

在雪枝女士的眼里,迷恋她的男人们似乎都是天真可爱的男孩儿。

有关女性干涩的问题,她先声明"自己没问题"之后,说道:

"的确,上了年纪后,这种情况很常见。不是有润滑液吗?涂上就行了。其实,比起这个,女人更担心的是体态。年龄上去了,乳房下垂了,皮肤干燥,皱纹增多。她们不愿让人看到这样的身体。担心事一多,做事就不投入了。"

雪枝女士停顿了一下,眼睛一亮。

"不过,男人也一样上了年纪,彼此彼此,用不着不好意思。"

她说得在理,来栖也这么想。

"而且,上了年纪,就不用担心怀孕了,没有比这更开心的了。所以,不论男女都应该更加放开地享受才对啊。这事跟年纪有多大一点也没关系。"

"当然……不要太过度,要注意预防心肌梗死。"

"哎哟,那不是更好吗?能在那一瞬间死去,求之不得。"

她这样的女人,可算是彻头彻尾的玩家,来栖既惊讶又佩服。对于像雪枝女士这样的女性,男人们到底是怎么看待的呢?

比如:觉得她什么地方有魅力?被她身体的哪个部位所吸引?女人以身相许只需付一千日元时会怎么想?他对这些问题都感兴趣,只是羞于启口。

与女人相比,上岁数的男性要面子还不肯讲,比女人还胆小,缩手缩脚的,像雪枝女士这样放开手脚会玩的人几乎没有。虽早已退休多年、早就无所谓别人的说三道四,但还是顾忌世俗甘当缩头乌龟的大有人在。

在养老院,见识了形形色色的老人后,来栖越来越感到女人是强势的物种,男人是弱势的物种。

老太太们堂堂正正、专心致志做自己想做的事,而老先生们总是顾虑重重、举棋不定。即使喜欢某位女人,也只是稍微接近一下对方,或者在人家门口转悠转悠,不敢主动进攻。不知是因为没有勇气,还是太有教养或自尊心太强在作怪,几乎没有人敢大胆地挺身而出、穷追不舍。

相比之下,女追男的架势则杀气腾腾的,像原始森林里猎豹追杀羚羊一般。只要看准了,就发起攻势,堂而皇之地敲门入内打扫卫生、洗衣洗裤,或是顺手"给你拿来一块膝盖毯",关怀体贴无微不至,等男人缓过神来,女人早已占据了整个房间。

要是被这样狂热的老太太瞄上,恐怕再牛的老爷子也在劫难逃。

来栖想得走神,雪枝女士突然轻声问道:

"院长,那件事您没忘吧?"

"那件事?"

"就是杏子的事。假装忘记太狡猾了。您要是再不有所表态,那个人可要自暴自弃啰。"

自暴自弃有点言过其实。

"杏子和您联系了?"

"那个嘛,嗯……"

杏子女士除了不依不饶地打来电话,最近还写信,比电话还多。两三天一封,写些她每天的感受,最后必以一句"我爱您"的话结语。此外,送礼也不断,短短几个月送了领带、衬衫、毛衣和圆珠笔,可谓丰富多彩。

当然,每次他都是婉言谢绝"以后不要再送了",可对方总是说"这是我自己心甘情愿送的,请别介意"。

说是不介意,可哪有收礼不介意之理?或许这正是杏子女士的心计。总之,来栖感到自己正一点点进入了她的圈套。

"她真的喜欢院长啊。"

就算是这么回事,可也不能来者不拒吧?

"院长讨厌她吗?"

"也不是……"

"那不挺好吗?她说了,一次也行。"

女人说话和男人说话的最大区别就在于语言的清晰度和模糊度。女人平时说话很模糊,但一遇到重大事情则难以置信地干脆直白,喜好或厌恶表达得简单明了。而男人一到关键时刻,总是模糊不清、犹豫不决。

"长此以往,杏子女士就会病倒的。当医生的让人得病,那还了得?"

什么胡说八道的歪理啊。可来栖不知该怎么反驳。

"只有院长才能救她,你要帮她一把。"

"可是,那也……"

"那可不行。男人见食不吃呆汉一个……"

雪枝女士的话虽七零八落的,但很霸气。

再让她待下去,不知道会搞出什么名堂,于是,他先打发雪枝女士回去了。

上次也是这样,和雪枝女士单独谈话总是感觉精疲力尽。

不是被她的气势和气场压倒,就是被她支离破碎的逻辑搞得晕头转向。而且,她最后总要提起杏子女士,逼迫自己就范。又不是她自己的事,是多管闲事呢,还是爱看人笑话?

那天晚上,为了换换心情,来栖约麻子吃饭,可她说晚上要校对稿子没空赴约。

没办法,只好作罢。近来他和麻子见面的机会少而又少。

以前,周五或周末约会已成习惯,可最近麻子不是因为工作忙就是因为朋友婚礼,相见机会少了。结果,每个月只能见上两三次,即使见面也感到哪儿不对劲,干柴烈火般的兴奋没了。

记得十天前见面的时候,她自言自语地说:"我是不是该生个孩子呢?"

年过三十岁的女性,偶然会产生这样的念头,可以理解。但是,之前她一直说不想结婚,还说被男人束缚的妻子的宝座对她毫无吸引力。麻子突然这么说,来栖颇感意外。

说不定,最近麻子的心境起了什么变化?来栖有些不安,回想起两人交往的过去。

屈指算来,与麻子的交往已有六个年头了。

这不是一般的六年,是麻子从二十六岁到三十二岁,是女人最有魅力的时期。来栖是向麻子咨询她担任健康杂志编辑的一篇专栏时偶然相识的,从那以后,来栖就全身心地爱上了麻子,超过了迄今交往过的所有女子。

麻子也跨越了二十二年的年龄差深爱着来栖。他俩相亲相爱。

至于没到结婚这一步,一是因为麻子自己不愿结婚,二是来栖离过一次婚,自认自身不再适合结婚,所以也不打算结婚。不拘泥于婚姻的形式,自由相爱、自由生活,对于这一点,两人想法一致。

既然确定了恋爱关系,来栖总是尽力为麻子做事。如果生活有困难,就帮她一把。麻子的娘家在新潟县是搞水产业的,所以生活上没困难。

在麻子生日或换季时节,来栖会给麻子买些她喜欢的服装或名牌包,节假日也会一同外出旅行。

但是,这样的机会因养老院的事务繁忙而逐渐减少了。最近,只是在附近吃吃饭或喝喝咖啡。

并非是爱情淡漠了,只是时间一长,彼此都认为相互了解而安于现状了。只是来栖不得不承认,他对麻子细心入微的体贴似乎也少了一点。

麻子也一样,有时会以工作太忙或者身体太累为由取消约会,来栖也不会往心里去,他理解麻子在杂志社身担重任的难处。

是否从那时开始,倦怠感的虫子就已开始蚕食两人的甜蜜关系了?

偏偏就在这个时候,麻子突然说"我是不是该生个孩子呢?"的这句话,对来栖来说,无疑是晴天霹雳一般。

要生孩子?这是怎么回事呢?

要生当然是生来栖的孩子。可说实话,事到如今来栖从来没想过要生孩子。

来栖和前妻已经有一个男孩了,正在大学医学系学习,随前妻同住。来栖大约每月和孩子见一次面。

虽未能与前妻白头偕老,但也不至于反目为仇。孩子也明白事理,即使不住在一起,父子关系也还算不错。

不管怎么说,这种情况下,来栖实在没有再要一个孩子的打算。

麻子是在银座吃完饭后,到熟悉的酒吧喝酒时说的那句话。来栖小声追问:

"你真这么想?"

"没有啊。"麻子摇摇头说,"跟你开玩笑的。"

来栖听了放下心来。这时，麻子很爽快地说：

"跟院长您，我是不会提这个要求的。"

来栖刚点了一下头，忽然又产生了新的不安。

她说不会向我提这个要求，那么会向别的男人提这样的要求吗？

"你另有喜欢的人了？"

"没啊。"

"不过……"

"所以不过是玩笑呗。"

来栖又看了一眼麻子，只见她白色高领毛衣外穿着米黄色短外衣，温柔地微笑着。这笑容里难道隐藏着什么吗？

说不定，除自己之外，她还和别的男人来往吧。她嘴上说不想结婚，要是和别的男人或许想结婚吧。

来栖少有地对麻子产生了猜疑，再追问下去未免太孩子气。即使问，恐怕她也不会回答。

来栖只好闭上了嘴。他觉得和 Et Alors 里的男男女女一样，自己和麻子之间的关系似乎也来到了三岔路口。

第八章　狂想曲

随着秋意渐浓，Et Alors 里也开始冒出了各种各样的新动态。

震惊所有人的第一声礼炮是野村义夫先生和江波玲香女士宣布订婚了。

野村先生曾在某大报社当过社论主编，后来当上了评论家，曾经作为抨击政界的名嘴而名噪一时。

但是，七十岁过后，工作面日渐狭窄。去年夫人去世后，他的精神状态迅速衰颓下来，近来一直没怎么抛头露面。他表面上倡导革新，骨子里却非常保守，据说在家里都是他一个人说了算。妻子走后，他不思茶饭、日渐消瘦，来栖也曾给他诊断过几次，提醒他保重身体。

来栖还通过小西咨询员去开导他，"你这么瘦弱，没精神，就是因为一个人的关系"，劝他考虑一下再婚。没想到却挨了他一顿臭骂："我怎么可能会考虑这事？"小西咨询员当时就惊恐万状，看不出他真是个爱妻家。

玲香女士当过空姐，性格开朗，是个高个美女。初夏时分，差点儿就和风流先生立木结婚了。然而,不幸的是因立木先生和桥本夫人的恋情败露而告吹。后来,传说她常去银座的一家酒吧,因为那里的调酒师很帅。

从他们两位的经历来看,似乎不太可能走到一起。谁知,居然进展到了订婚的地步,可见天下最搞不明白的事就是男女关系。

不过,再好好想想,这两个人说不定真是一对般配的夫妻。

首先看年龄,玲香女士最近刚过七十四岁,而野村先生才七十三岁,玲香女士是年长一岁的妻子。这就是俗话所说的理想搭配。此外,性格开朗、仪表富态的玲香女士和少言寡语、清高消瘦的野村先生截然相反、形成互补。

一般看法是,野村先生配不上玲香女士。玲香女士三十年前就离婚了,后来一直独身,可能认定这次是自己最后一次机会了。也有人认为,她这么做是想报复多情的立木。

不管怎么讲,订婚可庆可喜。

所谓订婚,其实就是两人一起到总务长那儿说了一声"我们订婚了"而已。

也有人觉得根本没必要正式宣布。不过,他们可能是考虑到,宣布订婚的话,两人一起吃饭或者去对方的房间就不会遭人说闲话了。

他们还打算明年开春去夏威夷举行婚礼、度蜜月。

他们只举办婚礼,不打算办结婚登记,玲香女士也不会更改姓名。七十岁后的婚姻,动辄因财产和子女亲属引起矛盾纠纷。虽说野村先生并没那么多财产,但玲香女士也不愿卷入遗产的麻烦事中,不入籍也无所谓。

总之,舍华求实,不要名分。近来的老年婚姻,这种现象相当普遍。

野村先生和玲香女士是从何时对上眼的呢？

大家回忆了一下，首先想到的是卡拉 OK 大赛，玲香女士唱歌时，为她伴唱的就是野村先生。他拼命地摇摆双手，却总对不上节奏，惹得大家笑得前仰后合。

还有就是去那须高原赏红枫。旅游大巴上，两人并排而坐。想想也是，郊游赏枫才一周前的事，而卡拉 OK 大赛也只不过是一个月前的事啊。

之前，谁都没察觉到。是二人巧妙放烟幕弹避人耳目，还是这对组合太意外，没人看好？

不管怎么说，日夜念亡妻、誓死不再婚的野村先生忽然嬉笑要订婚。都说天下难懂女人心，瞧瞧这男人心，哪儿靠得住？

大概是因为要面子，野村先生跟来栖报喜时显得做作不自在：

"我觉得还是小西女士说的有道理，这样对身体有好处，所以……"

把再婚的理由推到咨询员身上。不过，反正是喜事一桩。

"恭喜您了。"

来栖说着伸出了手，脸上多少长出点肉的野村先生也伸出手，一旁的玲香女士笑脸相陪，俨然多年夫妻的太太一般。

"大家都挺纳闷的，不知两位是从什么时候好上的？"来栖冷言一句。

两人先对视了一下，玲香女士抢先说"就在两三个月前"，然后又看了一眼野村先生，他"嗯"地用力点了点头。

七十四岁和七十三岁，两人加起来快一百五十岁了，看起来真是相亲相爱的一对。

"结婚以后,房间打算怎么住呢?"来栖问道。

玲香女士说,暂时先保持原样,等蜜月旅行回来后,她就搬出来和野村先生住在一起。

野村先生的房间是三室一厅,足够两人住。来栖忽然想起野村先生的房间里还有亡妻的照片。不知道再婚后是维持原状,还是移至别处?虽不关他的事,但多少也有点担心。

"这么说,江波女士的房间就退掉吗?"

"本不想退的,听说东山夫人想借,就让给她吧,可以吗?"

房间的居住权虽然不能买卖,但把自己名下的房间暂时转租则没什么问题。

"没关系的。"

因与丈夫同住而苦不堪言的东山夫人终于可以搬到玲香的房间自己一个人住了。

新婚燕尔与劳燕分飞,伴随着秋意渐浓,Et Alors 里的人们也忙碌起来了。

谈不上"办完喜事遇丧事"那么倒霉,就在野村先生和玲香女士宣布订婚后的第三天,住在五〇八室的古贺先生来到院长室,说有要紧事要谈。

古贺先生原是东京某国立大学的名誉教授,近日刚过完七十一岁生日,给人的感觉是温厚持重、老派绅士。因为他专攻心理学,所以请他出任《Et Alors 通信》月刊的编委,和原来在出版社工作的谷口先生等人一起编写,并不突出显眼。

来栖记得初夏放映激情电影那回,他和谷口先生等人一起来请愿,以及放映电影之前他临时被推举为剧情解说时的狼狈情景。

这位古贺先生到底为何事特地来找自己呢？来栖觉得纳闷。下午四点，古贺先生西装革履，准时来到院长室，他朝来栖深深鞠躬，说："浪费您的宝贵时间，非常抱歉。"

见他超乎寻常地毕恭毕敬，来栖为缓和气氛，笑着说"正等着您呢"，请他在沙发上坐下。古贺先生缓慢地将瘦长的身体沉入沙发，双手拘谨地放在双膝上，一副难以启齿的样子。

"有什么事您尽管说吧。"

这时，女秘书端茶进来，把茶盘放在二人面前，轻施一礼就出去了。古贺先生终于下定决心抬起头来。

"这件事，实在是太难以启齿，请先生不要告诉任何人……"

"这一点尽管放心。"

古贺先生放心了，顿了顿问道：

"院长，请您告诉我，男人大概到多大岁数还具有能让女人怀孕的能力呢？"

突然这么一问，来栖一下子答不上来了。

"和我交往的女人说她怀孕了。"

简直是"一气呵成"连珠炮式的意外话题，听得来栖呼吸困难。

"请等一下。"来栖长吁一口气，问道，"您的意思是说，您和年轻女人交往，那女人说她怀孕了，是吗？"

古贺先生双手放在膝盖上，使劲点头。

这事的确非同小可。

古贺先生的家室是一位很文静的女人。在外人眼里，他们是一对绝对般配的夫妻。这位老先生在外面偷情，还让女人怀了孕，而且，他应该有七十一岁了。如此高龄还让女性怀孕，连他自己都感到震惊，可谓狼狈不堪。

"院长,您说这事可能吗?"

比起可能不可能,来栖觉得有必要先搞清楚来龙去脉。

"是那个女人亲口对您说的吗?"

"是的……"

"她是否真的怀孕,是确诊吗?"

"她说是用什么试纸测的,绝对没错……"

现在药店里有卖通过尿液判定是否怀孕的试纸。

"请问,那位女士在哪儿工作?"

"她在……六本木的酒吧工作……"

六本木是年轻人和老外爱去的地方,老教授也去,来栖颇为吃惊。

"您和她已交往很长时间了?……"

"时间不长,也就一年左右吧。"

古贺先生的回答含含糊糊的。

"多大年龄?"

"二十五六岁吧。"

来栖万万没想到这么持重的老教授会和年轻女性交往,如果对方是二十五六岁的话,相差四十多岁。

看样子,古贺先生不像是有此嗜好的人,这事对他的打击不小。他想尽快解决,可自己一人又对付不了,才跑来找救星的吧。

来栖想尽力帮他,有必要先听听他到底是怎么想的。

"冒昧地问一句,那位女子您夫人知道吗?"

古贺先生赶忙摆摆手。

"不,不,她完全不知道……"

"您是一个人去的酒吧?"

"最初是我以前的学生带我去的。那是个只有长吧台的小酒吧,蛮温馨的,后来我就常去那儿散散心……"

光是喝喝酒,也不至于和店里的年轻女子发生肉体关系呀。

"后来就和那个女子好上了?"

"她说小时候死了父亲,很孤独,所以,我有时请她吃吃饭,休息日见个面聊聊天,时间一长就……"

古贺先生挠着稀疏的头发,拼命想辩解。

"您给了她什么资助吗?"

"她说生活很困难,每个月多少给了一点,就算交房租吧。"

听到这儿,来栖心想他有可能是被女人骗了。

"看来,你找我是要解决眼前那位女子怀孕的事情吧?"

古贺先生使劲点点头,说:"我是万万没有想到啊。"

的确,从他这个年龄看,这种情况不多见。

"那么,那女的怎么说的呢?"

"她说想生下这孩子……"

"真的吗?"

"所以,我不知道该怎么办……"

果真如此的话,的确难办。对方是真心想要生下来吗? 有必要先确认一下那位女子的真实想法。

一般来说,一个二十多岁的年轻女子要给七十多岁的男人生孩子是不太可能的。除非两人已婚,或者男人很富有,孩子生下后,抚养费及将来的生活保障均不成问题。古贺先生呢,说句难听话,他有夫人,又没足够的经济实力。再看看年龄也已古稀,而女方妙龄二十五六岁,相差四十多岁。

这么年轻的女人想为古贺生孩子,图什么呢? 因为有爱,也说得通,但事情没那么简单。

这里定有蹊跷。不只来栖,其他任何人都会有疑问。对古贺先生直说吧,又恐怕他受不了。

"您对她说了不希望把孩子生下来了吗?"

"大概意思跟她说了,可她说,可能的话还是想要生下来……"

"可是,您根本不想要这个孩子吧?"

来栖又追问一句。

"都这把年纪了……"

难道言外之意是要是再年轻一点就要这孩子了?来栖琢磨着他到底是怎么想时,他又认真地问:

"到我这个岁数还会让对方生孩子?"

关于这一点,即使古贺先生不问,来栖也一直在思考。

古贺先生现年七十一岁,男人到底到多大年纪还具有使女性受孕的能力呢?在这一点上,人与人之间的差异是很大的。

"根据以往的例子来看,也不是没有使女方怀孕的可能。"

"是这样啊……"

古贺先生似乎仍然感到困惑,来栖追问:

"您没戴套吗?"

"这把年纪了,还戴那玩意儿干吗?那还不如不干……"

古贺先生的意思来栖明白。

岁数大了,局部刺激不敏感了,尽管比年轻时更能忍耐和控制了,但也正因为如此,越来越懒得戴了。

来栖听一位妇产科医生的朋友说,到妇产科来做人流手术的,已婚妇女比独身女子还多。

究其原因,大都是丈夫常年与妻子做爱时往往不愿意采取那种避孕措施,妻子也放松了警惕,从而导致怀孕。当然,还包含有另一层意思,与情人是不得不采取一套预防措施的。

对古贺先生而言,虽说对方是情人,但自己都七十多岁了,不想戴那东西也是可以理解的,因为他觉得自己根本不可能让对方怀孕。

古贺先生仍旧对女子怀孕一事百思不得其解。

"这事说起来好笑……"古贺先生低声说,"那个,就是到了那个时候,也没有多少……"

尽管说了一大堆代名词,但古贺先生想说什么来栖全明白。他的意思是,即便没戴套,可射精也没有多少,所以根本不可能怀孕。

"您说得没错。"

随着年纪增大,精液量减少,这是毫无疑问的,但不能说一点都没有。

一般来说,每次正常的射精量是两毫升到六毫升,而一毫升的精子数量大于两千万。与受孕能力直接有关的是精子的浓度,而非精液的多少。

拿古贺先生来说,他虽然年纪大、精液少,但只要有一毫升且具有浓度,就可能使女方怀孕。

"所以说,不能绝对地说您不可能让她怀孕。"

来栖讲解完,古贺先生仰起脸、闭上眼。看他还是想不通,来栖继续讲解:

"怀孕并不只是男性单方面的事,还要看女方的情况。健康女性越年轻就越容易受孕。事实上,老年得子几乎都是和二三十岁的女性生的。四十岁过后,女性受孕能力会大大降低。"

这时，来栖想起了雪枝女士说的"上了年纪，就不用担心怀孕了，没有比这更开心的了"这一话来。

古贺先生如果和雪枝女士那样的女性发生关系的话，肯定就不会出现这类问题了。

"最好还是去医院看看，确诊一下是否真是怀孕。"

听了来栖的建议，古贺先生点点头："我也跟她这么说的，可她说没来月经，可以肯定……"

"那就更有必要去一趟医院，跟医生商量一下下一步该怎么办。"

"我也这么想。她说要我陪她去……"

做人流有人陪的话心里会更踏实一点，但一个七十多岁的男人陪着二十多岁的女人去妇产科就有点滑稽了。

"只是做个妇科检查，她一个人去也没关系的。"

"我也这么说的……"

"我再问一遍，如果确实怀孕的话，您也会让她做掉吧？"

"是的……"

"那么，您的想法已经清楚地告诉她了吧？"

古贺先生就像被老师呵斥的学生那样点了点头。

"既然这样，如果不赶紧说服她去医院做流产的话，以后就会很麻烦。"

垂着脑袋的古贺先生突然抬起头，用哀求的眼神对来栖说：

"能不能请院长跟她说一下呢？"

"我吗？跟那个女的说？"

"院长说话，她一定会听的。"

"我是内科医生，还是介绍妇产科医生吧，是我一个朋友。"

"那太感谢了。"

居然还要为入住者的女人关系"揩屁股"。在创建 Et Alors 之初,自己根本没想过会有这么多麻烦事。上任之后才切身体会到,他必须成为解决各种难题的"百事通"。

入住者来找他商量,除了把来栖当作行政的一院之长外,还因为他的医生身份,所以,他无法回绝。

"好吧,我给你介绍一家医院,让她去检查一下吧。"

来栖想起了朋友白井是妇产科医生。大学同窗,两人从学生时代关系就保持良好。白井毕业后进了国立医院工作,现在在目黑区开了一家妇产科医院。

他的口碑不错,请他帮忙让人放心。

来栖拿出同学通讯录,找到白井医生的电话和住址,又写了一封简短的介绍信。

"兹介绍入住本公寓的古贺先生的朋友前去就诊,望亲诊为盼。"

在介绍信尾签上自己的名字后,来栖忽然意识到以前给入住者介绍过各类医院,但妇产科还是头一遭,感觉有点滑稽,大概是因为养老院里住的都是老年人的缘故吧。

"您就拿着这个去找他吧。"

来栖把介绍信递给他,古贺先生恭敬地接了过来,问:

"我不去也没关系吧?"

"当然,我在信里写清楚了,把它交给挂号处的人就可以了。"

古贺先生把介绍信小心翼翼地放进西服内衣口袋里。

要小心藏好,别让夫人发觉,来栖操心地想。不过,连这点都要提醒的话,也太多管闲事了。

古贺先生深深地鞠了个躬。来栖反而更加担心,难办的事还在后头呢。

两天过去了。无论是古贺先生本人,还是白井医生,那边都没有任何回音。

给古贺先生开好介绍信后的第二天,来栖就在走廊上偶遇了携夫人一同散步的古贺先生。他只是郑重地朝来栖点头示意,然后默默走开。夫人在侧,当然无话可讲。此时,来栖忽然想起了"男人友情"这个词。这么说有些夸张,可以说是一种保守秘密的"沉默是金"。

不过,那个怀孕的女人到底去没去医院呢?从古贺先生本人没回音来看,说明还没去吧。也说不定女人不愿做人流吧。来栖有些担心,又过了两天,白井医生打来了电话。

自去年同学聚会之后,已有一年时间没和他通话了。简单寒暄互告近况后,白井医生开口说:

"你介绍的那个女人不会跟你有什么关系吧?"

突然被问,来栖急忙加以否认。

"开什么玩笑啊?她是我这里古贺先生的女人。"

"这么说男方该有点岁数了吧?"

"是啊,大概七十一岁吧。她真的怀孕了?"

"是的。现在已经三个月了,快进入第四个月了。"

"那……"

要做人流的话,最迟不能超过四个月。一进入第五个月就不好做了,法律上也不允许。

"那个女人同意做人流吗?"

"同意是同意,不过,是你公寓的人的孩子吗?"

"你这话是什么意思?"来栖反问道。

白井医生说:

"据挂号处的护士说,有个年轻的男人陪她来的。"

这说明了什么呢?来栖还是不明白。

"那个年轻男人也许只是她的普通朋友吧。"

"我本来也是这么想的,可是,据说两人在候诊室里商量了老半天。负责挂号的护士跟我说,那个黄头发的年轻人要是真当了父亲,可得受累了。"

陪着女人来妇产医院,谁都认为一定是孩子他爹。

"孩子他爹不是你公寓里的老年人吗?"

"那还用说,所以才拜托你呢……"

古贺先生不知道那个女人还有男人吧,来栖越发担心起来。

"她基本上同意做人流。不过,说不定是老人上当受骗了。"

"就是说孩子的父亲是那个年轻人?"

"不好下结论,但确实有个男人……"

白井医生很担心,所以才特意打来电话的。

"多谢了。"

来栖拿着话筒下意识地鞠了一躬。

"请问手术定在哪天了?"

"一般都是星期四做手术,所以就定在那天上午……"

星期四也就是大后天,古贺先生知道这些情况吗?

无论如何,她同意手术了,古贺先生可以暂时放心了。

"你告诉我这些太好了。有什么情况请随时跟我联系。"

"知道了。"

电话是挂断了,但来栖的心又被吊起来了。

最让他担心的是那个年轻男人和那个女人之间的关系。如果像护士所说的那样是男友的话,说明她在那个男人和古贺之间脚踩两只船了。

尽管事不关己,但来栖越来越对那个未曾见面的女人感到愤怒。

这事是告诉古贺先生好呢,还是不告诉他好呢?

如果正像白井医生所说的那样,有一个貌似她男友的黄头发年轻人陪着她去的话,古贺先生要是知道了会怎么说呢?

他会发怒地说"岂有此理,不可饶恕"呢,还是认定年轻人只不过是她的一般朋友呢,或是受了刺激浑身颤抖呢?他虽上了岁数,但本质上还是个老实人,这就更让人担忧了。

看来,还是暂不把白井医生的话转告他,进一步了解那个女人的情况更妥当。

来栖这么决定后,当天下午,他再次请古贺先生来到自己的办公室。

跟以往一样,古贺先生照样穿着西服、打着领带。来栖跟他寒暄了几句后,开门见山地问:

"那位女子怎样了?"

古贺先生赶紧点点头说:

"她去了院长介绍的医院,医生说确诊怀孕了。决定打掉的话,要尽早做手术。"

古贺先生从女人那儿听来的跟白井医生说得差不多。

"那么,她还是决定做手术了?"

"现在的情况也只能这样……"古贺先生不无遗憾地垂下眼

脸,"定在大后天做手术。手术大概要花多长时间?"

"大约三十分钟就够了。只是因为打麻药的关系,手术后还要在医院休息两三个小时,然后就可以回去了。"

"她自己一个人去行吗?"

"只要麻醉劲儿一过去,请护士叫辆出租车,坐车回去的话一点问题也没有。"

"我想在附近酒店订个房间,让她手术后安静地休息一下。"

古贺先生还在尽心尽力地为她着想。

七十岁的人还和年轻女人发生关系,确实是个问题,但若是古贺先生被那个女人骗了,也实在太可怜。不会是小姑娘和小伙子联手诈骗老教授吧?

来栖克制着愤怒,又问:

"冒昧地问一句,手术费是谁付的?"

"那是我的责任,所以给了她五十万日元,不知够不够?"

"足够了。"

来栖虽然不是特别清楚这方面的情况,但仅是打胎费的话十万日元应该够了。而古贺先生却给了她五十万日元,不知是怎么算出来的。

"是她说需要这么多吗?"

"她说大概需要三十万日元,我想,那就再多给一点……"

古贺先生好像还被蒙在鼓里。看这情形,他肯定是被那对男女给忽悠了。

"说句让您见笑的话,我能做的也只有这些了。这些钱都是背着太太藏的私房钱……"

"知道的。"

来栖点头,愈发同情古贺先生。如果那个女人怀的是那个年轻男人的孩子的话,古贺先生算什么呢?来栖越想越生气,禁不住问道:

"请问,那个孩子肯定是您的吗?"

"您这话是什么意思啊?"

"这个……有没有可能是别人的孩子呢?"

一瞬间,稳重的古贺先生眼里闪烁着异样的光,不容置疑地说:

"请不要瞎说。那个姑娘不是那种人,绝不可能干出这种荒唐事。要是那样,岂不等于说我是傻瓜吗?"

来栖本想说"没错,就是这回事",可又怕自己这么一说,连声音都在颤抖的古贺会晕过去。

"我只是有些担心……"

事到如今,也只好保持沉默。况且,即便是古贺先生被骗,只要他本人不那么想,心甘情愿,别人又何必说三道四呢?

来栖便不再说什么了,决定静观几天。

两天后,古贺先生突然跑进了院长室。

已经是傍晚六点多了,来栖正准备回家。古贺先生连大衣都没脱,就气愤地说:

"院长,太不像话了,真是不知该说什么好……"

来栖不明白他在说什么,请他在沙发上坐下来,问道:

"到底发生了什么事?"

"是这么回事,今天她做完手术后去酒店休息,我去酒店的房间看她。"

不错,今天是星期四,应该是古贺先生的女友去白井妇产科医院做人工流产手术的日子。

"那么,手术很顺利吧?"

"据说是上午做完的,她两点左右离开医院,去了酒店。我赶到酒店,前台服务员说客人拒绝探视,不让我进去。"

"拒绝探视?"

"太奇怪了。房间是我订的,自己订的房间自己却不能进。我想给她打电话,接线员也不给接到房间。没办法,我只好去房间,敲门也没动静。等了一会儿,再去敲门,结果……"

大概是说得太急,古贺先生调整了一下急促的呼吸,继续说:

"结果呢,院长,从房间里出来一个男人,还是个黄头发的年轻人……"

听他这么描绘,多半是白井医生说的那个男人。

"我正觉得奇怪呢,那个男的居然跟我说:'以后,不许你再碰我的女人……'"

由于过于激动,古贺先生的眼睛都充血了。

"院长,怎么会有这种事?"

古贺先生说的情况正如来栖所料,他所担心的事情终于发生了。

"没想到她有男人,太不像话。"

不像话是不像话,只是,没预料到这一步的古贺先生也太幼稚了一点。

"这么说那个男人是她的男朋友了?"

"是啊。他早就知道我和她交往,还说这回绝不容忍……"

"绝不容忍?"

"就是说,我让她怀孕,问我该怎么办。"

"可是,那不是……"

这不是倒打一耙吗？原本就是他自己的孩子。

"你就说'那不是你的孩子吗？'不就行了。"

"说是那家伙的孩子吗？"

"其实在两天前,医院就跟我联系了……"来栖干脆直说了,"她去检查的时候,那个年轻人也陪她去了。医院里的人都以为那个男的是孩子的父亲。"

"真的？"

古贺先生神情漠然地盯着半空中。

也许是打击太沉重了,一下子没有反应过来吧,他沉默了好一会儿,才慢慢嗫嚅道：

"这就是说,我上当受骗了？"

"说不定是……"

"怎么可能？……"古贺先生慢慢地摇着头,"没有证据,怎么能这么说呢？"

古贺先生敢于这么反驳,可见直到现在他还认为那女人怀的是自己的孩子。老教授如果还执迷不悟的话,真不好办。

"把自己的孩子赖在别人头上,要别人出钱,实在太可恶了。"

到了现在,来栖再也克制不住自己的愤怒了。

"总之,没必要听那男的胡说八道。"

古贺先生如果还没退休,还在大学里当教授或在大公司里工作的话,则另当别论。现在他已经是自由之身了,可以无所顾忌了。

"如果他再来找您,最好报警。"

"不过,他好像也觉得自己做得过分了点,只说'不要再碰我的女人',后来也没有怎么……"

"不管怎么说,那对男女是一伙的,从一开始就打您的主意了。"

"我还没问过那个女孩到底是怎么想的……"

古贺先生好像还对她很留恋,七十多岁才体味到恋爱的感觉,这使他难以割舍。

"其实,问不问她都一样的。"

如果她讨厌那个男人的话,就不会两个人一起去医院,手术后也不会让他进入酒店房间了。

"还是把她忘掉为好。"

来栖觉得现在该让他清醒了,可是,古贺先生还是耷拉着脑袋不吭气。

这会儿,古贺先生也许正心乱如麻,悔恨愤怒自怨自艾交织,无法控制自己。

"总之,这件事就到此为止了……"

来栖说到这儿,发现古贺先生的眼里噙着泪花。

是为心爱的女人背叛而伤心呢,还是为那个年轻男子的言行感到屈辱?

自己心爱的女人有了别的男人,对古贺先生来说确实是个巨大的打击,但古贺先生自己有家室还和年轻女人交往也有问题。各得罪孽,咎由自取。

"她一定也觉得对不住您。"来栖安慰道。

古贺先生轻轻点了点头,小声说道:

"上了年纪真是件可悲的事啊。"

他想说什么,来栖很明白。要是挑明了,只能更让人伤心。

"不过,这样也挺好。您也度过了一段愉快的时光啊。"

来栖回想起古贺先生听说对方怀孕,狼狈不堪地跑来找自己商量做人工流产手术的事,现在结束这段恋爱冒险的话,他的损失也不算太大。

"估计那个年轻人不会再来找您了。"

古贺先生终于想通了似的,轻轻擦拭着泪水润湿的眼睛,说道:"都这把年纪了,真是太丢人了……"

"别这么说,喜欢一个人是件美好的事。"

"可是,我糊里糊涂的……"

说起来,古贺先生是心理学教授,可这位名誉教授却被一个年轻姑娘给耍了。教心理学的却不懂别人心里想什么,这究竟是什么学问啊?

其实,学问和恋爱毫无关系,一点也不值得大惊小怪。不管多聪明,学习成绩有多好,也未必深谙男女恋情;即使没上过学的人,也可以精通恋爱之道。

在学校学到的是学问,但恋爱是需要实际体验的,以各自的悟性去理解和积累。有学问有教养的人,不一定对恋爱具有丰富的悟性。

从这个角度看,古贺先生虽然聪明绝顶,毕业于名牌大学,在学识方面或许是出类拔萃的,但在情爱方面虽然不能说是幼稚,但也不那么擅长。事到如今,他终于明白还有仅凭学问和道理无法解决的问题,在现实面前碰了一鼻子灰。

虽说他已年过七十,却得以窥见这世界的另一个侧面,对于他今后的生活一定大有裨益。看人也会更全面了,不能只看外表,也要看其内心。

"请不必太介意这事,就当作是一次难得的经历吧。"来栖说道。

"的确学到了不少东西……"古贺先生听了,点了下头,接着又咕哝了一句,"真是的,上了年纪,心却不老……"

"心不老?"

"是啊,身体已衰老,心还那么年轻……"古贺先生自嘲道,"衰老的肉体里潜藏着年轻的灵魂,也许这就是我的悲剧,不,应该说是喜剧……"

"衰老的肉体加上衰老的灵魂,那才是行尸走肉。心态年轻,太难得了。"来栖补充道。

这时,古贺先生终于抬起了头,满是老年斑的脸上露出了一丝腼腆的微笑。

这天晚上,来栖和麻子见了面。

前几次是因为麻子推说工作忙或者和朋友去夏威夷,一直拖到现在。两人大约有个把月没见面了。

这次还是来栖硬把她约出来的。晚上八点多,他们终于在银座某大厦地下街上的一家意大利餐厅见了面。

很久没见的麻子有点晒黑了,但很健康。

"你气色很好啊。"来栖说道。

麻子说着"我最近食欲特别好,好像还胖了点",然后夹了一块鲜鱼放进碟里。气色好不是坏事,但麻子身上散发出来的淡淡的玩世不恭,让来栖多少有些失望。

"我在夏威夷参观了老年之家,那边真不错,令人愉快。"

麻子拍了很多照片,给他一一讲解着。不过,来栖对那边的情况也很了解。

"那边的人退休以后也不会老住在一个地方,有的人是去年刚从佛罗里达搬来的,有的人说在洛杉矶住了两年。他们四处挑选自己喜欢的老年之家,不断变换着住处。为满足这些喜欢搬来搬去的人,还有按月包租的房间呢。"

麻子不愧是健康杂志的编辑,看问题的确很尖锐。

"日本人退休后也不应住在一个固定的地方,要经常出去走走,到各地去住一住才好啊。退休不就等于获得了自由吗?"

正如麻子所说的那样,来栖也在考虑要为退休的人们建设能够月付的那种可以短时间租住的老人院。

"那边的人们都特别有精神、特别快乐。"

来栖点着头,忽然想对充满活力的麻子发点牢骚。

"咱们一个多月没见面了。"

麻子默默地吃着。

"我知道你很忙,可是,见面也太少了……"

这还像恋人吗? 来栖把这话咽了下去。

"咱们一起外出去旅行吧?"

麻子还是没有回答。

来栖禁不住问道:

"你是不是有其他男人了?"

麻子突然停下了手里的叉子,低着头说道:

"没有啊。"

话虽然是否定的,语气却很无力。

"可是……"

突然间,来栖对眼前的麻子产生了猜疑。

她刚才虽明确否定了,可果真如此吗? 近来和麻子之间感觉不大和谐,这样下去的话,两人之间的感情会越来越疏远的。

即便这样,又能拿出什么行之有效的办法呢？来栖有些迷茫地望着微微低着头的麻子,内心产生了某种欲望。

他真想拥抱麻子。

说起来和麻子已有两个月没亲近了。以前每个星期肯定会同房一次,这么长时间的空白还是第一次。

来栖压抑着自己的冲动,尽量平静地试探着问：

"今天晚上不回去吗？"

麻子稍稍歪了下头想了想,然后,缓缓地摇摇头。

"不行啊。"

"为什么？"

"反正现在不行。"

不行,是来了月经的意思吗？来栖琢磨着,感觉自己现在已经克制不住了。

"没关系的,一起到我那儿坐坐就行。"

"还是下次吧。"

"下次是什么时候呢？"

"我跟你联系。"

来栖装作很冷静的样子喝着葡萄酒,心里却在想,拽也要把麻子拽到家里去。

他之所以能够克制住自己的冲动,是因为自己比麻子年纪大呢,还是因为考虑到院长的身份呢？但是,这种出于体面的忍耐是有限度的。

"无论如何,今天晚上得再忍耐一次……"

来栖心里对自己说着,又慢慢喝了一口鲜红的葡萄酒。

和麻子分手后,来栖一个人回到了 Et Alors 的院长室,只见桌子上放着一个长方形的盒子。

他觉得奇怪,打开包装一看,盒子上写着"古贺赠",里面装的是威士忌。

好像是来栖不在的时候,古贺先生送来的。

尽管时间有点晚了,来栖觉得还是应该向人家表示一下感谢,就给古贺先生的房间拨了个电话,夫人接了电话。

"收到了估计是你们送来的贵重礼品……"

因为接电话的是夫人,所以来栖说得比较含糊,只听对方说道:"给您添麻烦了。"

"我也没帮什么忙……"

来栖装糊涂,夫人立刻说道:

"您不用瞒我了。多亏了院长才没出大乱子,真是太感谢您了。"

夫人说的好像是古贺先生和年轻女人的事情,可夫人是怎么知道的呢?来栖很吃惊,夫人的声音听起来感觉很年轻,一点不像七十岁的人。

"反正事情已经过去了,跟您说实话吧,其实我什么都知道。他被那种女人给迷住了,还受到男人威胁。那男人还打电话给我,说什么'拿钱来,不给钱就爆料',我毫不客气地回绝了。我告诉他,想让大家知道尽管去说,我们还要起诉他恐吓罪呢。这么一说,他立刻就老实了……"

平时看上去很沉静的夫人,竟然口齿伶俐地一口气说了这么多。来栖担心古贺先生在她旁边听着呢,夫人好像也觉察到了,

说道:

"他已经睡了。总之现在已经没事了。我想他也接受了这次教训,这也是件好事。"

真没想到女人能这么坚强而又稳重,来栖感慨不已。

"这只是我们的一点心意,请您一定要收下。"

"好吧,多谢了……"

来栖不由自主地对着话筒低头致谢,这时,他想起刚才竟没有跟麻子提起这件事,这可是从来没有过的。

第九章 安魂曲

从十一月到十二月,一年接近尾声。随着气温下降,身体出问题的老年人逐渐增多,这是来栖最担心的。

虽然公寓总空调保持着二十四摄氏度的恒温,但也有外出御寒不足或忘了开室内空调睡午觉而导致感冒的人。最成问题的是单身男士,迷迷糊糊打盹,没人替他盖毛毯。一到上了年纪,女人往往能够照顾好自己,而男人却嫌麻烦粗心大意。

所以,来诊疗室看病的大多是男人。来栖把针剂和药剂的量控制到最小限度,更多的是提醒提高室温、用加湿器加湿、尽量多休息。

有的医院给老人开好几种药,开药量也很大,来栖对此持反对态度。尤其是失眠或高血压等的慢性病,如果长期服用多种药物,反而会带来副作用使病情恶化。有的人总是有昏睡感或乏力感,最后活得跟废人一样。

是药三分毒。来栖不想让住在 Et Alors 的老人们遭这份罪。

然而,无论来栖怎么努力,总有事与愿违。

比如住在六〇一室的大田庆子女士就是其中一例。

她在年初定期身体检查中发现肝功能异常,转到大学医院复查,结果确诊是肝癌。于是,直接住院治疗了。

她才七十五岁,癌细胞已转移,不能做手术了。医学上已经没有办法治疗了。

她给来栖打来电话,想要见面,说有要事相托。

大田庆子女士是 Et Alors 一开张就入住的老住户,来栖特别记情。

以前听她聊过,她结过一次婚,但不久就离了。后来,与在商贸公司工作期间认识的男士一起创办了一家经销绿色食品的公司并大获成功。七十岁时,她退出公司,入住 Et Alors,打算悠闲度余生。

个头不高,衣着简朴,不事张扬。一旦说起话来语速极快、反应灵敏,一看就是女企业家的风范。

这样一位庆子女士突然提出要见来栖,是为何事呢?以前也只是就她的病情以及住院条件等打过电话,已有半年多没和她见面了。

来栖想,这么一位做事有条理、万事不求人的庆子女士,莫非是来谈她的病情的?

第二天,来栖结束了一天的工作,去了庆子女士住院治疗的那家离新宿不远的大学医院。

这家医院有全国顶级的高消费病房,大企业家或演艺明星才会入住,庆子女士住的是特殊病房。据说,病房档次相当于五星级酒店的豪华套房,对一般老百姓来说是想都不敢想的。而她已住了半年多,可见钱有多少。

来栖半是惊叹半是感慨,想起曾做她护理的一位叫古川的护工说过的话。

那是她得病前,好像就是去年这个时候,连去弹子房打弹子玩都是叫包车去的。

而且,让包车等在店外,自己打完弹子出来,还叹息只花掉了五六万日元。

有钱人的活法,来栖叹为观止。同时,仿佛也窥见到了有钱女人的烦恼。

如果是男人,不是花在女人身上就是花在赌博上,挥霍的地方很多,但女人不可能这样。她们有钱无处花也是另一种烦恼。

养老院里住有性格各异的人,大致可分两类:一类是很快与生人熟悉起来亲密交往的人,另一类就是不轻易接近人也不交朋友的人。

总的来说,女性容易相处,容易交上朋友,而男人混熟得很慢,也难交朋友。女人爱群聚,男人爱独行。

当然,女人中也有不擅人际交往的,也许庆子女士属于这类人。据护工说,和养老院里的女士相遇,她也仅限于寒暄的点头之交,好像没有更深交的朋友。据说,常年搞事业、凭一己之力打拼过来的人,大多像她这样也不无道理。

但这类人,并非不好交往或是不懂人情,相反只是不愿像一般女人那样爱扎堆。

这样一位女士在高级病房里想什么呢?一个月前她在电话里说,已放弃手术,只靠药物治疗,但因抗癌药副作用太大,也已不吃药了。

去医院途中,来栖想给她买点礼物。鲜花香气太刺鼻,水果或点心未必能吃,于是便买了有熏香效果的蜡烛。

来栖带着礼物到达医院时已是晚上七点,晚饭时间已过,医院里很安静。他穿过空荡荡的走廊,走到挂着"大田庆子"牌子的病房外,摁下门铃,一个系着围裙的女佣打开了门。

"在等您呢,快请进。"

她好像知道来栖要来,立刻把他领到卧室里的病床旁。

庆子女士躺在床上,立刻认出是来栖,高兴地点着头。

"百忙之中,特意来看我,太谢谢了……"

她虽然声音很清晰,但两腮已凹陷,一双眼睛显得很突出,和之前相比瘦了很多。

癌症晚期,没有别的办法。望着曾经叱咤商场的女强人庆子女士,来栖很难过。

"现在抗癌药已经停用了吗?"

"是的。什么都不用了,只想静静等候那一天的到来。"

"别这么说,再加把劲儿。"

来栖鼓励道,但对于病情,患者自己是最清楚不过的了。

"阿民,给先生倒茶。"

庆子女士朝大门旁的厨房喊了一声,女佣阿民即刻回答:"好了,马上来。"

"请不用客气。"

来栖说着,把带来的礼物递给了她。庆子女士说:"谢谢! 真好看。"

看了一会儿,她突然想起什么似的说:"院长,能与您握手吗?"

"当然可以。"

来栖伸出了右手,庆子女士紧握双手,轻声道:"手真大、真温暖。"

来栖默然地不知怎么回答,她又说:

"这么紧紧地握住男人的手还是第一次。"

庆子女士结过婚,不应该是第一次吧,可能她的意思是这十年来是第一次吧。

"我手上满是皱纹吧?"

"哪有啊。"

比起皱纹来,病人特有的潮湿感更多一些。

这样握了差不多有一分钟,她才松开了手。

"谢谢您,我感觉精神多了。"

这时女佣端茶过来,放在来栖旁边的桌上。来栖和她拉拉 Et Alors 的家常。

毕竟住了五年,感情深,有很多回忆。问了几个人的信息以及公寓的近况后,她突然用郑重的语气说道:

"院长,我有个最后的请求。"

来栖点头,她继续说:

"我想请您接受我的遗产。"

"您的遗产?"

"像我这样无依无靠的人,上了年纪就只剩下寂寞了。幸亏住进了 Et Alors,生活得非常愉快。真的感谢院长您和员工们啊。"

自己和员工们做了应该做的事,她却这么郑重其事地道谢,来栖反倒觉得忐忑不安。

"跟您说实话,我这人只知道工作。住进那里才明白,原来人生还有这样的活法。只可惜已经晚了……"庆子消瘦的脸上露出了笑容,"院长您知道的,我剩下的时间不多了。"

"不,没那回事。"

来栖慌忙否定道。不过是一句安慰话,她心里比谁都清楚。

"我知道的,可能年底都挺不过去了……"

来栖进屋的时候,已察觉到右边的书架上放着几本有关宗教方面的书,看来庆子早有准备了。

"所以,我有件事要拜托您。"

望着她噙着泪水的双眼,来栖只能点头。

"是这样,钱虽不太多,我想把我现在所有的钱都捐献给院长的老年公寓。"

"这怎么可以?……"

"您是知道的,我没有亲人,所以,无论给谁都不会有问题。"

"但是……"

"税金多少我不清楚,请您用于养老院的建设。"

来栖还是第一次听到入住者这样表态。

"请问,大概多少钱?"

"我也没仔细数过,应该有一亿日元左右吧……"

来栖不由得倒吸了一口冷气。

一亿日元,这可是巨款啊。

捐这么多钱给养老院,能够接受吗?

"您没有什么亲戚吗?"来栖问道。

庆子女士躺在床上,缓缓地摇摇头。

"有一个哥哥,十年前死了。要说亲戚的话,那就是哥哥的孩子。自从哥哥死后,基本上也没来往,跟没有一样。"

听她这么一说,确实没有合适的财产继承人。

"可是,这么多钱……"

"不管有多少钱,也不可能带到那个世界去……"

庆子女士寂寞地微笑道:

"我早就有这个打算了,万一有什么不测的话,就捐给公寓。我真心希望院长拿去自由支配这笔钱。"

难得的好意,不过,这么多钱用在什么地方好呢?事发突然,来栖还没来得及考虑。

"具体金额和捐赠方式我回头跟律师商量一下再说……"

既然她已经找过律师了,说明她的决心已定。

"您肯定会收下吧?"

既然说到这个份上了,来栖觉得再推辞就失礼了。

"如果可以接受的话,我一定会用好它……"

"真是太好了。"

庆子女士放心地使劲点着头:"这样的话,我就能安心死去了。"

"您别这么说,要好好活下去。"

"不行,不行,那样的话,又得请您把钱还给我。"

"当然会还给您。"

"玩笑。我什么都不要了。"

说完,庆子女士闭上了眼睛。

抛下一切欲望,那安详的面容才显得明朗无边,犹如一尊菩萨。

第二天,来栖召集总务长、护工长、护士长、咨询部主任等各部门负责人开会,向他们报告了探望大田庆子女士以及她提出的捐款一事。

大家都没想到她有那么多财产,更钦佩她做出的决定。

"既然她诚心诚意地提出来了,我就打算接受下来,而且,还要把钱用在让大田女士满意的地方。今天开会,就是想听听大家的意见。"

首先想到的建议是购进一批图书并配齐录像带和CD、DVD光盘等,进一步充实现有的阅览室。又引出新增"视听室"的建议。广泛收集视听资料,放在"视听室"里,隔出单间便于一人视听。还有人建议给这个"视听室"命名为"大田视听室"。

"有了这个地方,男士们就可不必顾忌太太们,安心地看激情录像了吧。"

护士长一句话逗得大家大笑,确实是个很不错的主意。

另外还有提议要建造屋顶花园或游泳池,以及安放长椅和望远镜,以便欣赏隅田川和东京湾的景色。

这些建议都很有参考价值,但也要听取入住者的意见。最后来栖决定,在征集听取大家意见的基础上,下周一再开会讨论。

会议结束了,护士长还一个劲儿感叹着:"真没想到啊,竟然有一亿呀。"

这也是参加会议的所有人的真实感受。

这么多钱,到底是怎么挣来的? 又是怎么保管的? 当然,这是她直到五年前为止开公司挣来的资产。把这么多钱一直存到现在,并在自己死去之前捐献出来,实在令人钦佩。

可敬可佩的美谈。但在旁人看来,多少也为她感到惋惜。

"难道她自己不能再花掉一些吗?"总务长问道。

不过,据护工部长说,庆子女士平时生活也相当讲究。虽说算不上特别奢侈,但从大衣到皮包、装饰品用的全是高档名牌。

"不过,光这些花不了多少……"

一个女人再奢侈,一亿日元也是花不完的。

留下大笔钱财撒手人寰,留下的不仅仅是遗憾,而且也留下了虚无。

"看来,钱还是得趁活着的时候好好花啊。"又是护士长的一句话,大家点头称是,来栖也有同感。

公寓里,其他人虽然比不上庆子女士,但也有不少富人。来栖希望他们也最好在活着的时候花掉这些钱。

可是,日本的老年人总是担心晚年生活,总在考虑存钱而非如何花钱。常在电视节目里露面的百岁双胞胎姐妹"阿金""阿银",在有人问"上电视的出演费打算怎么用"时,她俩还是回答"留着老后用"。

确实,为了养老适当储蓄是必要的,当有钱有闲人想放开手脚好好享乐时,身体却不听使唤了。

既然如此,存钱的目的又是为了什么呢?所以说,钱不在于多,趁着身体好时把钱花光才正确。

可见,花钱也是需要相当的智慧和过人的精力的。

有关大田庆子女士的捐赠用途,经过讨论,最有说服力的就是在 Et Alors 里新增"大田阅览室"。这个决议等在下周一的会议上通过后,就告知庆子女士。

不用说,这件事当天就在养老院里传开了,还引起了热议。

庆子女士的捐款一石激起千层浪,成为重新思考和安排"老后与财产"的契机。

第二天,来栖正在治疗室,古贺先生来拿感冒药,顺便聊了起来。

"听说大田女士捐款的事了,看来会花钱也不是件容易事啊。"

突然这么一说,来栖不明白他要说什么。

"我那事怪难为情的。不过,也就那样了,蛮好。"

他指的是给那女人一笔钱,前几天刚和她分手。

"是啊,反正给了自己喜欢的人……"来栖撸顺毛说话。

老教授像是找到了知音,捋了一下稀薄的头发。

"那姑娘也确实需要钱。"

与庆子女士捐赠巨款相比,他的这点事不值一提,但仅从对自己的花钱感到满意这一点来讲,也有异曲同工之妙。来栖不由得苦笑起来。

伴随着衰老而日益逼近的病魔和死亡,又该如何面对?如何超越?毫无疑问,这些问题都会在一个人的活法中找到答案。

同一天,在古贺先生走后,来治疗室看病的是六一二室的涩谷圣子,她因女性特有的疾病而深陷苦恼。

半个月前,她发现右乳房上有肿块。经来栖介绍去大学医院检查,被确诊为乳腺癌。

"七十五岁还会得乳腺癌吗?"她无法接受这个结论,坚决不做手术。

"做手术的话,乳房就保不住了。"

她捂着自己的胸脯,坚决地摇头。

七十多岁得乳腺癌,似乎有点匪夷所思。不过,癌症是困扰老年人的多发病,得了癌症也不足为奇。

"幸亏我自己经常摸摸,所以发现得还不算太晚。"

得知患上了乳腺癌后,圣子女士曾经这么说过。原来七十多岁的女人还经常对着镜子观察自己的胸部并抚摸乳房啊。

"要是身边有男人的话,可能会早点发现……"

性格爽快的圣子女士平时就喜欢开这种玩笑。自从她的丈夫三年前去世以后,就一直单身。所以,来栖以为,医生告诉她最好尽早摘除时她会同意。

没想到,她死活不愿意做手术。

摘除病灶后就没事了,可她为什么就是不听呢?来栖觉得很纳闷。

"这话我只跟您一个人说。"圣子女士说,"要是做那个手术的话,乳房就会被整个切除吧?"

她对手术后的胸部状态好像特别在乎。

"我有个朋友就是这样。她得的也是乳腺癌,结果胸部斜着留下了一个刀口,像披着袈裟似的,胸部干瘪乳头也没了。变成那样,感觉生不如死。"

心情可以理解,可是如果不切除的话,癌细胞还会继续扩散。

"如果刀口尽可能开小一些,不留什么疤痕的话,你可以做吧?"

"院长,求您了,帮我找找这样的医院吧。"

"我听说最近有人在研究再造乳房的手术呢。"

"可是,大学医院的大夫说,做了手术的话,乳房差不多就没有了。他的口气好像理所当然似的。"

圣子女士的眼眶湿润了。

来栖不知道是哪位大夫对圣子女士这么说的。不过,那位大夫也没乱说。

从来栖所了解的医学知识来说,他跟那位教授的意见是一致的。不切除病灶,病就治不好,因此可以肯定,做手术的话,乳房就会被切除一部分。

问题是,这话该怎么讲。如果大夫稍微考虑一下她的心情,告诉她即使做手术也会想办法保留胸部肌肉,以及进一步说明乳房再生手术的话,觉得感受也会不同。

不体谅患者心情的医生大有人在。可是,医生的话让圣子女士受了很大的刺激。身为医生应该切记一句话:"医生看的不是病,而是病人。"

来栖虽然这么想,可事到如今,对那位医生再说什么也于事无补。况且,倘若站在那位医生的立场,恐怕他根本不会想到一位七十五岁的女性还如此在意手术后的乳房状态。

对于这一点,来栖没想那么多。可是,这是关乎圣子女士性命的大事。

"那位大夫对于手术后的情况什么也没有说明吗?"

来栖又问道。圣子女士肯定地摇摇头。

"他光说要先做手术,术后的事情什么也没说。先生,乳房真的可以再造吗?"

"这类手术一般属于矫形外科。"

"不属于胸外科吗?"

"虽然都是外科,但近年矫形外科更注重保留胸部肌肉、再造乳房的手术。"

"我要去那样的医院,您能帮我介绍一下吗?"

来栖望着圣子女士的胸部,试探地问道:

"没有乳房真的不行吗?"

"当然了。我还不算太老,再说,还想去泡温泉……"

"还不算太老,这可以理解。想去泡温泉跟乳房有什么关系呢?"

"这还用说吗?胸部瘪瘪的,多难为情啊。"

说得也是。不过,圣子女士去泡温泉的地方都是女宾,即使只有她一个人缺少乳房,也不必太在意吧。但是她可不像来栖这么想,很担心以后的生活质量。

"大家一看见我这样子,肯定会问东问西的,或者同情地说'真可怜'什么的,这不就跟展览品似的吗?我可受不了。"圣子女士的语调突然变得很伤感,"反正,没乳房就不是女人了。这不就等于告诉我'别想再当女人了'是一样吗?"

来栖又看了一眼激动地诉说着的圣子女士。

她的头发染成了时下流行的褐色,穿着驼色毛衣,脖子上绕了一条花丝巾,看上去比实际年龄年轻,但眼角和脖子已出现了皱纹,声音也开始沙哑了。胸部不算太丰满,但它毕竟是女人的命根子啊。

"院长,求您了。帮我介绍一家做完切除手术后还能做再造乳房手术的医院吧。"

"好的,我尽量找。"

"您千万得帮我找啊。"

圣子女士又叮嘱了一句。她怜惜地用手按压着长了肿块的右侧乳房,明知这个乳房里癌细胞正在扩散,但还对它怀着更深的不舍之情。

"医院的事越快越好,拜托您了。"

"一有消息就联系你。"

圣子女士这才站起来:"院长,我全靠您了。"说着,鞠了一躬,走了出去。

望着圣子女士的背影,来栖再次感慨起来。

女人无论多大年纪终究是女人。无论外观多么衰老,内心还是充满了女人味儿。正是因为女人非常实际,才总是这样富有生气、精神饱满啊。

有人因病痛而苦恼,有人因相思而饱受煎熬,而眼下的冈本杏子女士就是这样。

很长时间以来,又是给来栖打电话,又是送礼物,非常热情。而最近,越是接近年底,她越显得有点无精打采。

前一阵几乎每天给来栖的手机打电话,弄得他挺烦的,心情也有些郁闷,可现在忽然不来电话了,反倒令人担心起她来了。

这种状态持续了一个星期,到了十二月中旬,杏子女士通过护工转告来栖,说她身体疲惫得下不了床,请来栖去给她看一看。

来栖回复她直接来诊疗室。可是,她说不想出房间,所以来栖只好去出诊。

杏子女士躺在床上,显得有些消瘦,但脸色没有什么变化,表达也很清楚。

据她说,一个星期前开始食欲不振、身体疲倦,除此之外,好像并没有觉得特别不舒服的地方。来栖给她量了一下血压,舒张压有点偏高,但也不需要立刻进行治疗,体温和脉搏也都很正常。

来栖让护士采血样和尿样,化验结果一出来,就通知他。

"可能是由于天气突然变冷,身体不适应的关系,不用担心。老是待在房间里,就越来越不爱动了,试着在公寓里运动运动,怎么样?"

听来栖这么说,杏子女士听话地点点头,突然想起什么似的说道:

"可是,一到夜里,有时候胸口憋闷得喘不上气来。"

"什么部位?"

来栖一问,杏子女士把来栖的手拉到了左胸上。

"就是这里面……"

正好是心脏的位置,但是,来栖用手触摸了一下没发现什么问题。

"还是测测心电图吧。"

来栖正要缩回手时,杏子女士汗津津的手紧紧抓住了他的手。

第二天,杏子女士的化验结果出来了。血、尿、心电图基本上都正常,心电图略有轻微心律不齐,但并不需要治疗。

结论是,从客观上看并没什么异常,可是,她老是说没食欲、没精神,这到底是怎么回事呢?

在这种情况下,首先要考虑的是心理方面的原因。精神上是否有什么令她不安或担忧的事,这些烦心事会导致她食欲下降、身体状况不佳。

但是,对于这一点,她本人什么也没有说,护工也没发现什么问题。按说,她丈夫虽然去世了,但孩子已经培养成人。多年来,她一直是一个人自由自在地生活的。

可是,最近怎么会没了精神? 来栖正琢磨着,负责她的护工古川小声说道:

"先生,是不是因为那个啊?"

"那个?"

"就是那个,草津汤药也治不好的……"

"相思病吗?"

护工不怀好意地嘿嘿笑着,来栖问道:

"为了谁呀?"

"当然是院长了,还能有谁呀?"

这么一说,倒让来栖想起前几天去给杏子女士出诊时她说胸口难受,当来栖用手触摸的时候,自己的手被杏子女士紧紧抓住时那汗津津的感触。

"杏子女士很喜欢院长,老是问我们:'院长现在在干什么呢?'还在房间里摆着和院长一起照的照片呢。"

"我没有看见啊。"

"前几天,她觉得不好意思收起来了。不过,经常拿出来看呢。"

杏子女士对自己有好感,来栖是知道的,却没想到这么痴情。

"院长,要是不给她治一治这个病啊,怪可怜的。"

"我可治不了……"

"您是医生啊。因为院长是病因,所以除了院长,谁也治不了。"

这叫什么逻辑啊?

不过,护工的话从医学上讲也有一定的道理。凡是治疗疾病,首先都要找出病因,而杏子女士的病若是相思病的话,满足她的相思就是最好的治疗方法。

可是,要采取这个方法的话,来栖就必须接近和亲近杏子女士才行。

即便是为了治疗,医生也不能这么做。况且,自己作为负有管理责任的公寓之长,和入住的女性亲密交往更是问题。

而且,虽说是为了治疗,但仅仅因对方对自己抱有好感就和对方亲近,自己实在难以做到。要进一步发展关系,男人这方面也要怀有相应的爱情或好感才行。

"不行,不行。"来栖慌忙摇头。

说实话,来栖对杏子女士感觉很亲切,希望她尽快恢复健康,但是,对她并不抱有任何爱恋之情。

这种情况下,如果故意表现得很温柔或有好感的话,弄不好反而会伤害她。现在只能尽量安慰鼓励她,同时观察她的反应。再说又没有其他值得担心的病症,慢慢就会好起来的。

来栖打算先静观一段时间再说。

可是,才过了两天,晚上十点钟左右,来栖突然接到了养老院打来的电话。当时他和朋友在外面吃完晚饭回到家,刚换上家居服。

"七〇一室的冈本女士突然颤抖个不停,还摁着胸部,一个劲儿说难受呢。"

"意识清醒吗?"

"清醒,我们打算给她做人工呼吸的时候,她不让做……"

既然她脑子这么清醒,就暂时不至于有什么生命危险。

"好的。我马上过去。"

来栖赶紧又换上外衣,开车直奔 Et Alors。

来栖开车驶过隅田川的时候,想起了前些日子发生过的一次和今天晚上如出一辙的出诊。

那还是在四月初樱花刚刚谢落的时节,住在七层的堀内先生突然发生异样,一接到报告,来栖就立刻赶到了 Et Alors。

可是由于心肌梗死,他已经停止了呼吸,没能被抢救过来。

那个叫莉香的按摩女在堀内先生的房间里吓得直打哆嗦的情

景,来栖至今还记忆犹新。

她以为自己做了不可饶恕的坏事,胆战心惊的,其实也不能怪她。来栖安慰她说,不用这么自责,堀内先生倒应该感谢她呢,是她让堀内先生最后愉快地走了。来栖还把服务费如数付给了她。她心怀歉疚地接过了钱,在堀内先生面前合掌祈祷后回去了。

从堀内先生去世到现在已经过去八个多月了。杏子女士应该不会和他的情况一样吧。

那时候,四处飘散着春天倦怠的温暖气息,而现在,清冷的街灯伫立在前方的夜色里。

还有,那时候来栖刚和麻子上床休息,接到紧急电话必须马上出门时,麻子只好点头同意,但来栖处置完老人回来后,她还在等着他。

但是现在,自己和麻子之间的关系也和外面的空气一样寒冷。从春到夏,从秋到冬,随着季节的转换,无论是自然界还是人世间,似乎无时无刻不在变换着。

来栖不由得一阵伤感。这时,汽车已经开过了京桥路口,停在了霓虹灯闪烁的 Et Alors 门口。

他在侧面的公寓专用入口前下了车,坐上电梯直奔七层。

杏子女士的房门是开着的,他从门口一直走进了最里面的卧室,只见杏子女士半俯卧在床上,值班护士正弯着腰给她按摩着后背。

她大概是胸口不舒服吧,看样子意识还清醒。

"感觉怎么样?"来栖问道。

护士刚说了一句"院长来了",正在呻吟着的杏子女士就猛地翻过身来。其动作之敏捷,就连正给她揉搓后背的护士也吓了一跳。

杏子女士瞪大眼睛盯着来栖："院长，"她低声道，"把您的手给我……"

来栖顺从地伸出了手，她立刻把来栖的手拽到自己的胸脯上，大口地喘息着，闭上了眼睛。

"太好了……"

不知这"太好了"是指什么。直到刚才她还在嚷嚷难受死了，而现在却攥着来栖的手，露出十分陶醉的神情，护士不明白是怎么回事，但来栖心里能猜个八九不离十。

上了岁数的孤寡老人，夜里一个人睡觉时，有时候会感到特别寂寞，严重的就会感觉胸闷气短，以致难受得忍不住叫起来。

这种情况并不完全是因为心脏或呼吸系统有问题，多半是精神上的忧郁不安引起的。但是，如果医生对此掉以轻心的话，老人就会越来越孤独，甚至会反复发作。

"已经没事了。你放心吧。"

来栖一边安慰她，一边慢慢地抽回手，把她的两只手放回到被子里去。然后，轻轻地把手按在她的额头上。

"只是脉搏稍微有点快，不发烧，过一会儿就好了。"

医生治病就是要对症下药，一旦找对了病根，患者心神就会安宁下来、恢复精神了。

"你很坚强。不简单啊。"

来栖又是鼓励、又是表扬，杏子女士则像个小孩子似的点着头。

"院长，谢谢您！"

来栖点点头。回头一看，护士已经不在房间里了，也许是护士觉得自己在这儿多余,就出去了吧。

这护士根本用不着这么有心眼。来栖心里责怪着,回头一看,杏子女士正慢慢地坐起来了。

"院长,您先不要走。"

"这个……"

"求您了。"

她已经端坐在床上,把睡衣的领口严严实实合上,恳求道。

看她这一百八十度的转变,来栖简直目瞪口呆。这就是得了相思病的上年纪女性爱耍的小把戏吧。

当然,她本人并没有丝毫恶意,完全是出于真心,但是,被乞求的一方就会有些为难了。

可是,如果来栖表现出不耐烦的话,她的病情说不定会再度发作。

现在,只好按照她的希望再陪她待一会儿。来栖看了下表,已经十一点了。虽说是医生,但这么晚了还待在单身女人的房里确实不大合适。

"看样子你已经平静下来了,没事了。"

来栖这么一说,杏子女士不愿意地使劲摇头。

"求求您了。院长不在的话,说不定又要难受了。"

这口气简直就像是威胁,但看她那认真的表情,扔下她一个人又挺可怜的。

怎么办好呢?来栖正犹豫呢,她又诉说道:

"从两三天前开始,我就老做噩梦,特别是今天,还梦见有人让我赶快死呢……"

"赶快死?"

"是啊。老是觉得周围的人都在对我说'你赶快死了吧,去那个世界吧'似的……"

"哪有人这么说啊?"

"其实,昨天是我丈夫的忌日。他去世的时候七十一岁,刚好和我现在的年龄一样,所以就……"

原来是这么回事,来栖点了点头。杏子女士双手伏在床上,低头请求道:

"先生,真的求您了……"

"求我什么?"

"我想请您抱抱我。"

"可是……"

"求求您了。只是紧紧抱着我就行,求您了……"

来栖不知该如何回答的时候,杏子女士已经躺倒在床上,闭上了眼睛。

在来栖面前,一位女性闭着眼睛静静地躺在床上。虽说已经七十一岁了,却把头发染得雪白,仔细一看,脸上还化了淡妆,嘴唇上也涂着淡淡的口红。她个子矮小,却不失风韵,穿着花睡衣,腰间松松地缠着粉红色的腰带。刚刚她还诉说胸口难受,喘不上气来,现在却丝毫不见难受的影子,表情很安详。

来栖暗想,说不定杏子女士早已预料到会这样发展,事先化好了妆吧。

就在来栖左右为难之际,杏子女士闭着眼睛嘟囔着:

"院长,您是不愿意吧?"

"不是……"

面对女人这么一心相求,来栖实在说不出不愿意这种话来。

可是,到底该怎么办呢？来栖正不知如何是好的时候,杏子女士的声音飘然入耳:

"院长,请把灯关上吧。"

来栖一回头,看见卧室门边有个开关。他不知是不是这个开关,试着摁了一下把灯关上了,窗外的夜景立刻浮现出来。

虽然远处的繁华街道依然灯光璀璨,但公寓这边一过十一点,四周已是寂静一片。养老院里的人差不多都睡了,在这寂静之中,只听见杏子女士轻声细气地说道:

"院长,求您了。"

既然她这么祈求自己,就不好坚持要走了。这时,来栖想起了刚才离开的护士和看护,每天晚上都有两个人在五层值班。她们会怎么想呢？

她们让来栖有些不安,但杏子女士的情况她们很了解,即便自己和杏子女士多待一会儿,她们也不至于说什么吧。

再说,这对于杏子女士也是最好的治疗。就在这时,杏子女士又轻轻说了一句:

"求求您了……"

事到如今,如果再置之不理就太说不过去了。在黑暗中,来栖做出了决断,慢慢脱起衣服来。

他先脱去上衣,思考了一下,又解开了裤子的皮带。尽管只是搂抱一下,但系着皮带总归不太合适。

而且,上身的衬衫还穿着,不知这样行不行。他犹豫不决地瞧了床上的杏子女士一眼,她等不及地说道:

"院长,快过来……"

来栖觉得这话以前在哪儿听过,可怎么也想不起来是一个什么样的女人,更别说名字和长相了,难道说是自己在某个小说里或是在某个电视剧里看到的情节吗?

总之,现在来栖正被对方召唤着。他走到床边,伸手去掀开被子的一角。

到了这个地步,就没有退路了,只能硬着头皮走下去了,来栖暗自对自己这么说,同时也意识到自己的动作很僵硬。

杏子女士到底是病人,是入住者,还是女朋友?可以说都是,也可以说都不是。来栖就这么稀里糊涂地靠近了她。

他先将左手伸进被子,在床边坐了下来。突然他发觉床单异常温暖,床铺比自己想象的要硬一些。

然后他慢慢地把腿也放了进去,上身刚一挨上,杏子女士就急不可待地紧紧贴了上来。

她的全身宛如吸盘一般紧紧贴住了来栖,连续不断地挤压他。被这种感触诱使,来栖伸手搂住了杏子女士的后背。

"啊……"

她发出一声轻轻的呻吟或呜咽般的声音,晃动着头钻进来栖的怀里,把脸埋在他的胸前。

从头到脚,她的整个身体紧紧贴在来栖的身上。伴随着这紧密的触感,一股不知是沉香还是白檀的强烈香气像麻药一样渐渐缠绕住了来栖。

难道说杏子女士估计到了会这样在床上拥抱,连香水都事先洒在身上了吗?

来栖这么想着又重新看了看杏子女士,从纯白色染发到可爱的花睡衣、腰间系的粉红色伊达腰带,以至从睡衣领口露出来的白色贴身内衣,这一切越看越像是为了这一刻而精心准备的。

还不止这些,很可能今天晚上她是算计好时间才犯病的。她不停地喊着胸口憋闷,把护士吓得慌了神,所以就打电话把自己给叫来了,这一切都像是杏子女士一手导演的。

现在才明白,自己彻底被她的演技给蒙骗了。

即便是这样,来栖现在也没有责备杏子女士的意思。

真是这样的话,杏子女士的确有点做过了头,但是,这一连串的行为背后掩藏着的是一个女人对爱的渴求。而且,她所做的这一切都是为了来栖,这使他不禁有些感动。

说实在的,像这样的拥抱来栖还是头一回。两个人躺在床上,女人穿着睡衣、自己穿着衬衫和裤子拥抱在一起。

不过,来栖在感受到杏子女士体温的同时,也深切感受到了她的执着。

是只有自己才这样想呢,还是其他男性都会这样想? 来栖感受着杏子女士的体温,渐渐觉得她可爱起来。

被她如此疯狂地追求,自己不但不觉得讨厌,反而觉得她有些可爱了。

现在,来栖比刚才镇定多了,也开始热情地紧紧搂抱起杏子女士来。这是对她如此依赖信任自己的感谢和欣喜,也是一份回礼。

来栖的内心活动仿佛传达给了对方似的,杏子女士轻声说:

"我太高兴了……"

她仿佛变成了一个小女孩,声音甜甜的。

"谢谢您……"

如此坦率地、毫无戒备地吐露自己心声的女性,来栖还是第一次遇到。

躺在来栖怀里的杏子女士那柔软的白发碰到了他的下颚。

在这寂静无声的房间里,来栖就这么和杏子女士搂抱着,望着夜色中的窗户。

由于床的位置低,只能看见外面的夜空,右边的一部分夜空发红,那一带也许是霓虹灯闪烁的银座。

虽说已经十一点多了,但银座现在是最热闹的时候,对于公寓这边来说,简直就是另一个天地。

来栖轻轻地挪动了一下搂着杏子女士后背的手,杏子女士更使劲地抱住了他,大概以为他想要离开吧。

来栖又重新抱住她,思考起来。

这样待多长时间为好呢?

说实话,这样抱着杏子女士并非痛苦之事。虽然谈不上喜欢她,但是,对于这么爱慕他的女性,他是怀着好意搂抱她的。

由于身体贴得太紧了,她的体温透过衬衫传过来了,除了香水的气味太刺鼻外,对搂抱本身他并不感到厌烦。至少,这样做可以使她心情平静、恢复精神,何乐而不为呢?

但是,也不能一直这么下去。两个人单独在一起已经过了多长时间了?十分钟还是二十分钟?感觉好像过了三十分钟。

时间差不多了,是撤退的时候了。这个时候出去,护士们也不会觉得蹊跷,杏子女士也能够接受。

想到这儿,来栖轻轻移动了一下身体,杏子女士在他的胸前小声问:

"您想要回去了吧?"

杏子女士的头埋在来栖的胸前,似乎洞悉了他的内心。

"不是……"

他只是想说,并不是想要回去,而是不能一直这样待下去。

这样沉默了片刻后,她慢慢地从他的胸前抬起头来。

"您回去吧,没关系的……"

来栖不知该如何回答,正琢磨的工夫,黑暗中,她又说道:

"咱们起来吧。"

说实话,这倒让来栖吃了一惊。

刚才她还贴得紧紧的,来栖以为很难让她松手呢。万万没想到,她却很干脆地松开了手,还说"起来吧"。

不知道她这话是真心还是假意,来栖犹豫着的时候,杏子女士慢慢掀开了被子,坐了起来。

来栖也跟着掀开了被子。杏子女士用手整理着散乱的头发,轻声道:

"院长,谢谢您了。"

在以往和女性的交往中,还从没有人这样对他说过,来栖不知该怎么回答。他提好裤子、系皮带的时候,杏子女士扑哧一笑,说:

"吓了您一大跳吧?"

被她恳求上床拥抱她时,来栖确实不知所措,但她居然能一下子回到现实中来,这又让来栖吃了一惊。

"多亏了您,我做了个好梦。"

"做梦?"

"对呀。刚才在院长怀里的时候,我做了好多梦呢。"

女人真的会这样吗?来栖觉得不可思议。她望着窗外的夜空,喃喃道:

"什么时候死我都无所谓了。"

"您怎么能这么想?……"

"真的。我的愿望已经满足了,真的无所谓了。"

杏子女士像唱歌似的边说边下了床，自己打开了灯。

刚才一直寂静无声的房间，在灯光的照耀下立刻增添了活力，刚才他们躺着的床铺顿时黯然失色了。

"您要不要喝杯咖啡？"

"不了，太晚了。"

"也是。还是赶快回她那儿去好啊。"

也许她以为来栖还和麻子在一起吧。现在，这趟安慰治疗总算告一段落了。

"回头见。"

来栖朝门口走去，杏子女士紧跟在他后面，他刚一回头，她马上伸出手来。

"院长，我最爱您了。"

说着她握住来栖的手，来栖也用力回握她的手。

"我今天能睡个好觉了。"

就在来栖和杏子女士这次亲密接触的三天之后，大田庆子女士住院的大学医院给公寓发来了她病逝的讣告。

她自己早就知道是肝癌，做好了死的准备。死本身并没有什么可大惊小怪的，来栖只是觉得，时值岁末热闹之际去世让人感觉甚为遗憾。

至少活到过了新年也好啊。更令人无法接受的是，来栖两天前还刚刚在她的遗产捐赠仪式上见过她。那一天是十二月一个寒冷的日子，她特意打车从医院来到了 Et Alors，坐在轮椅上，亲手将遗产清单交给了来栖。

正如她所承诺的那样，捐献了一亿日元。这个庞大的数目，让所有人都为之震惊。她听了有关使用这笔捐款建立"大田阅览室"等设想之后,又去看了看自己曾经住过的房间,和过去熟识的入住者们见了面,和他们紧紧握了手。

从外表看,她显得十分憔悴,脸色也不好,但思路很清晰,还开玩笑说:"我要好好治病,争取再回到这儿来。"

可是只过了两天,她就走了。

难道说处理完了遗产,完全放了心,从而加快了死亡的速度吗?不然就是因为拖着病体到公寓来,加剧了病情的恶化?不论是什么原因,她最后一次来到这儿,见到大家时那会心的微笑,给人们留下了深刻的印象。

看到她脸上的笑容,大家都相信她是对自己的一生感到满足,安详地死去的。

既有像杏子女士那样为强烈爱情而生的人,也有像庆子女士捐赠遗产孤独而死的人。

年龄相近,生死有别,每个人都有每个人不同的命与运。来栖感慨万千,在心里默默祈祷。

第十章 圣诞曲

伴随着岁末年终，Et Alors 也好像繁忙起来了。

入住者都是退休之人，不用上班，岁末要做的所谓工作，就是大扫除或在家门上装饰门松之类的事，而这些活儿只要请服务部的人上门来就行。

从这个意义上看，住在这里要比住在家里轻松多了，有人计划利用岁末年初的休假去海外旅游，或者去伊豆、北九州等温暖的地方过冬。

犹如每天都是星期天，无须非在繁忙的岁末年初外出，但要考虑和儿孙一同出游的话，只有这期间。

除此之外，大多数老人选择在养老院里看看电视，或与前来探望的儿孙聚聚。不过也有无人来看望的。也有嫌人多太吵、眼不见为净的，夫妻一对或约朋友去泡温泉了。

想外出过年的毕竟是少数，大多数人还是留在养老院里迎新年。考虑到这些，公寓里准备了过年荞麦面、屠苏酒以及正月三天吃的节日料理。

几乎每一个人都要为过年做的准备是亲手写贺年卡。

随着年纪的增大,与老友好友、熟人亲戚见面的机会越来越少,关系也越来越疏远。寄贺年卡算是保持联系的唯一方式。大家都别出心裁、诗兴大发,比如原出版社董事的谷口先生在贺年卡上写自创的俳句:

"问候新年好,年增一年人增寿,可庆又可喜。"

新年到,问候一声"新年好",自己也老了一岁。"可庆可喜"很能表现出他的心情。

"一年又一年,年纪越大脾气大,性格好黏糊。"

谷口先生爱自嘲,所以特别有趣。

"这贺年卡寄出去,天晓得能收回多少张啊。"

据他讲,在职时每年寄出二百张左右,多的时候有二百五十张。一旦退休,就逐年减少了。后来,凡是收到的必回复,可还是在减少,今年只写了五十张左右,据说以后还会减少。

"以前和儿子住在一起,怕比儿子收到的贺年卡还少会没面子,所以就赶在儿子之前去邮箱取信。住在这儿的话就没必要了,终于松了口气。"

随着年纪的增加,父亲输给儿子是自然趋势,但他很在乎,真是可怜父亲心。

"只有对院长,只要我还有一口气,就一定会给您寄贺年卡,请您也务必给我寄啊。"

"这还用说。"

来栖不仅给所有的入住者发贺年卡,还敦促工作人员也尽量这样做。

"到了最后,收到的新年贺卡只剩下院长的和广告传单了。"

"没那回事儿!"

鼓励归鼓励,收到多少贺年卡可不是来栖能控制的。

"过年啊,又开心又难过。"

过年固然可喜,但对于老年人来说,并非可喜那么简单。新的一年到来,意味着要面对岁月的无情。

养老院里,目前年龄最大的是清水智慧女士,今年九十六岁。男士最高龄者是刚在一个月前过完九十二岁生日的松田宏行先生。超过九十岁的还有两位女士,男士只有松田先生一人,高寿也是女性占多数。

到了这等高龄,受到祝福长寿,应该不会太在意年龄了,但是,松田先生直言不讳地说:"新年到了,没什么可高兴的。"他还是一副硬骨头的样子。据说他在快要当上某大型超市社长的时候,因和董事长意见不合,便断然辞职了。

接近年关,人人繁忙,来栖也不例外。养老院经营需要改进和重新考虑的问题也不少。对于来栖来说,亟待解决的是个人问题。

就是近几个月来,让来栖担心的是与麻子的关系。

夏天过后,和麻子见面的次数一少再少,十一月里只见了两回。以往每次她都在来栖家过夜,最近几次,吃完晚饭就直接回家了。

男女之情似乎也有了潮涨潮落、寿终正寝般的迹象。

春天萌芽的新绿,在夏季枝繁叶茂,不久变成红叶而凋零。情随四季而迁,炙热燃烧的爱情也会失去热度,逐渐冷却下来。

与麻子之间,并没有因为发生争吵而徒生厌恶,只能说是强烈燃烧的火焰慢慢失去了火力,等意识到时,已是快要熄灭的境地了。

不过,细想一下,也并非空穴来风。无论是来栖还是麻子,虽然相爱,但彼此都没有结婚的欲望。没必要拘泥于形式的两人的共识,说不定正是一个共同死穴。

准确地讲,几个月前麻子的心已发生了微妙变化,最具象征性的就是两个月前她突然说的"我是不是该生个孩子呢?"这句话。

听起来像是在开玩笑,但确是让来栖反思两人之间产生隔阂的一个契机。

看来,男女之间随着肉体关系的稀薄,心理也会微妙地随之疏远。

夫妻之间即便没有性生活,但由于有婚姻关系的牢固约束,也不会轻易瓦解。但是,一对自由男女,一旦失去了性的纽带,关系立马就会崩盘。

女人常说心意胜于肉体,但男人则认为心意和肉体都重要。心意相通但肉体上拒绝男人的女人,男人就会失去爱恋,丧失爱情的动力。可以说,男人就是一个性的生物。

麻子并没有明确拒绝发生性关系,只是较之以前常在来栖家里过夜,最近常借口太累或者第二天要早起为由有意回避。来栖只能默认。

当然,并非全无。一个月前,两人在来栖家聊天,自然发生了关系,但麻子不像以前那样投入激情,给人感觉淡淡的,事后也没有享受余韵的兴致,就草草了结了。

这种半吊子状态已经持续了快四个月。现在,再不修复两人的关系,特别是年底年初这段时间不明不白地迎新年,恐怕是个问题。

虽这么想,日复一日地,来栖却迟迟没有行动,一是工作忙,二是担心自己过早地主动提出,反而会弄巧成拙。与其盲目地无端给麻子造成压力,不如维持现状,等到明年开春再说。

对入住老人,也许能因势利导好言相劝,可事情一旦落到自己头上,就没方向了。

不能再拖了。他天天对自己这么说,可日子一晃就过了二十日,快到圣诞夜了。

往年只在四楼前台前布置圣诞树,今年想要搞得再豪华一点,就在八楼食堂里辟出一个空间摆上了一棵两米高的圣诞树。大伙儿围着圣诞树吃吃喝喝,喜迎新年。

入住者中还有几位基督教教徒在圣诞夜要去教堂,也有人带着儿子儿媳去吃圣诞大餐。

剩下的大多数人,圣诞夜并没有特别要去的地方,不妨跟着凑热闹高兴高兴,这是他们的真实想法。

这几年,已经习惯和麻子一起过圣诞夜,但今年没特地叫她,同时麻子也没来电,所以来栖一个人单吊着。

下班时分已是傍晚六点多,他去食堂一看,基本早已座无虚席。

"院长,请到我们这桌来。"

到处都是热情的邀请,最后被嗓门大、强行拉入坐的还是雪枝女士和杏子女士所在的餐桌。

还没坐稳,来栖端起为他斟满的一杯啤酒刚想举杯,就有人高喊:"咱们和院长干杯吧!"

来得突然,来栖顺势站起,端起啤酒说:

"今年一年,大家过得很好,祝愿各位明年更美好,干杯!"

大家齐声"举杯"。说是圣诞夜,这气氛更像是 Et Alors 的忘年会。

接下来,大家吃菜喝酒,热闹非凡。过来给来栖敬酒的人一个接一个。

"院长,今年给您添了不少麻烦,明年还请多多关照。"

既有一本正经表达谢意的,也有宣称"明年要痛快地玩""要向年轻人一样谈恋爱"的人。

还有,像雪枝女士那样:"院长,年轻'美眉'就算了,还是跟我们这样的成熟女人在一起有意思。"

反正,和这样一群性格开朗、幽默风趣的老人们在一起,来栖觉得很幸福。

原来仅是一名医生,接触的都是需要治病的病人。自从建了养老院,才有机会认识这么多老人,了解到他们的喜怒哀乐,更实地学习到了"优雅老去的活法"。在这里获得的知识和智慧是大学课本上根本学不到的、真正的人类学和人生哲学。

"谢谢!""加油啊!""别不好意思啦!"来栖一一和老人们打着招呼,抬头看见有几对男女围着圣诞树跳起了舞。

最近的一对,先看到男士的背,面朝自己的是江波玲香女士。和她跳舞的男人肯定是野村先生了,两人刚订了婚,现在是幸福绝顶的一对。

他俩边上抱在一起几乎不见舞步的一对是市泽先生和他的情人。紧挨着彩灯闪烁的圣诞树,胳膊抬得好高像是柔道打架的一对是宍户先生和雪枝女士。

音乐从里面的酒吧传来,是老电影《卡萨布兰卡》的电影插曲《任时光流逝》。

这个年龄只能跳慢节奏的,这首曲子正好适合他们。

视线从围着圣诞树跳舞的人们收回,转身只见松尾幸平先生握着啤酒瓶站在自己身后。

年过八十、曾是军人的他,在夏天的激情电影鉴赏会上看到士兵受到军官呵斥的镜头时,条件反射般地起立敬礼。

他患有轻度帕金森病,记忆时常断片,唯有当兵时的旧习深植脑海。那迅速反应站起敬礼的一幕,令来栖既惊讶又伤感。松尾拿着啤酒瓶说:

"来,干一杯!"

来栖赶紧伸出杯子。松尾先生倒酒的手在颤抖,差点溢出来。来栖赶紧托住他的手,称赞地说:"倒得好,好……"两人对饮一杯,开怀大笑。

看来他也想加入进来。来栖给他倒酒,此时与宍户先生跳舞的雪枝女士走了过来。

"不行不行,那家伙笨手笨脚的,根本跳不起来。"

一脸不满的雪枝女士引起了松尾先生的注意,他色眯眯地望着雪枝女士。

"哟,幸平先生,给院长敬酒啦,你真厉害。"

雪枝女士像哄小孩似的抚摸他的背。松尾先生色眯眯地瞟了她一眼说:"好女人。"

他虽患有老年痴呆,但见到性感女人一点也不呆。见他看得入迷,雪枝女士温柔地说:"好啦,该回去啦。你坐在哪儿啊?"她手牵手把松尾先生引开了。

不愧是操纵男人的高手。来栖看在眼里,心想既然松尾还能明白女人的性感,大概他的痴呆也不会再恶化了吧。

来栖刚松了一口气,古贺先生和夫人一起过来敬酒了。

"上次承蒙您多多关照。"

夫人先开了口,古贺先生内疚地附和着点头。看样子,他已经和通过怀孕敲诈他的年轻女子分手了,二人重归于好。

"多亏了您,这个人学聪明了。"

无论被夫人怎么说,名誉教授都抬不起头来。

舞曲换成《星尘》时,市泽先生和情人广惠女士牵着手过来打招呼了。

"上次给您添了很多麻烦……"

他指的是几个月前市泽先生的夫人来公寓大闹一场的事。随后,他郑重宣布:"明年一定彻底解决。"

愿望能实现吗?不过,受闹事刺激,二人反倒更相爱了。

这一对刚离开,野村先生和玲香女士紧接而来,两个人把来栖夹在中间拍照。在妻子死后,野村先生骨瘦如柴,现在有玲香女士这位快活美女的滋润,脸也圆了,重现了往日的派头。

"明年打算搞个简单的婚礼,一定请您光临。"

看着他们二人脸上的笑容,来栖想,相爱的人无论年纪有多大,都是漂亮的。就算脸上、手上老人斑、皱纹无数,但这恰恰是沧桑岁月的年轮,看上去闪闪发光。

一直以来,来栖总是积极地支持相爱的老人,鼓励他们生活在一起。相爱就是幸福,老人最大的敌人是孤独。光是寂寞,就足以让他们的身心迅速衰老。

所以,人一过六十岁就应该随心所欲地生活。越是这样,身体越年轻越健康。

老人最重要的不仅仅是活得长,而是"quality of life",即生活质量,其实就是"quality of love",爱的质量。

来栖陷入沉思。此时,谷口和庄司一帮提议进行激情电影鉴赏会的老家伙们醉醺醺地来敬酒。借着酒劲,他们竟提议:"明年举办一场脱衣艳舞秀怎么样啊?"

一旁的雪枝女士立刻插嘴:"我以前看过一次,不过呀,我年轻的时候比她们可好看多了。"

这话引起大家爆笑。

"只要年轻,什么阿猫阿狗阿猪阿牛都是可爱的。年轻就是好看。年轻时就难看,那就是丑八怪啦。"

大白话加大实话,引起一阵"就是,就是"的赞同高喊,大家情绪高涨。至于脱衣艳舞秀的提议,大家认为:"这里反正没有未成年人,所以,坚决办。"

在 Et Alors 里举办脱衣艳舞秀,的确与年龄不符,也不像是理性思维,但转念一想,有与年龄不符的想法,不正是不老的秘诀吗?

来栖这么想着,环视四周,看到圣诞树前聚拢来十几个人,大家唱起圣诞歌。指挥是青木先生,手里拿着筷子当指挥棒。站在他前面的是玲香女士、雪枝女士以及明年初要动乳腺癌手术的圣子女士等清一色娘子军,还有立木、宍户、角川以及今原等一帮男人站在后排,卸去虚伪和装饰,他们要以真实的自我迎接新一年的到来。

"平安夜,圣诞夜!夜宁静,星光明……"

几个人边唱边朝来栖招手,他正打算过去,食堂主任大高走过来说:"院长,有您的电话。"

这个时辰,谁会来电话呢?来栖觉得蹊跷,走进食堂后拿起话筒:"喂,……"

过了一会儿,一个女人的声音:

"那个……现在说话方便?"

一听声音,就知道是麻子。

来栖不禁"啊"了一声,说:"没关系的。"

麻子接着说:

"电话里说这件事,可能不大合适。明年开春,我打算结婚。"

"结婚?"

"是……"

"和谁?"

"告诉你你也不认识,是我公司里的人……"

来栖陷入了沉思,麻子声音有些低沉地说道:

"早就想跟您说,可是,一拖再拖……"

来栖不知该如何回答是好。说"恭喜"吧,太牵强,可又无法表示反对。沉默了片刻,麻子说了句"很抱歉"后,说道:"圣诞夜没能在一起,心里有点那个。不过,我不会忘记院长的。"

"可是……"

就这么分手,未免太无情,见个面谈谈多好。

"现在,正和大家一起过圣诞。你在哪儿?我现在就去找你。"

"不用了。你就在那里吧。"

"你和他在一起吗?"

"没有……我觉得,有些事还是在年内把话讲清楚比较好。"

麻子觉得这么说他也该懂了,可来栖一时没反应过来。

"今晚,再晚也可以,我想见你。"

"反正,我会给你写信的。请原谅我的任性,非常抱歉。"

"可是……"

还想说,可电话已挂断。来栖拿着话筒愣站着,直到杏子女士来叫他。

"院长一个人在这儿干什么呢?快来一起唱歌吧。"

来栖这才放下话筒,回到了会场。可他觉得像是脚踩棉花,打飘没了魂似的。

麻子会结婚是迟早的事,他心里也明白。来栖也早有准备,但为何会如此狼狈?

因为太喜欢麻子,还是喜欢得连想都没好好想过?

想也没用,麻子不会回来了。此时,从会场传来《友谊地久天长》的旋律。

不知不觉,圣诞树周围已经聚集了二十多人,大家手拉着手大声齐唱。

"怎能忘记旧日朋友……"

白发、黑发、褐色头发、稀疏头发、灰白头发和秃头;圆脸、长脸、尖脸和皱纹的脸;尖嗓、粗嗓、沙哑声、跑调声,不同形状的脑袋和长相各异的笑脸全都张嘴欢唱着。

来栖不由自主地被这气氛吸引,也加入进去和大家大声齐唱。

"旧日朋友岂能相忘……"

他右手拉着杏子女士,左手拉着雪枝女士。手手相连,圆圈不断扩大。

来栖五十四岁,和六十五岁的雪枝女士、七十一岁的杏子女士,还有其他七十五岁、七十九岁、八十岁、八十五岁、九十岁的人,把大家的年龄相加一共是多少岁啊?就这样,手牵着手共同生活下去……

自己的职责就是要鼓动和激励这里所有的人振作精神、充满信心地欢度余生!

一边唱一边想,来栖的双眼噙满热泪。

为何流泪?是在追悔麻子,还是应该牢牢抓紧她?

然而,为时已晚,一切都结束了。

悠悠往事,历历在目。眼底一热,泪如泉涌。像是要挥洒热泪般,来栖昂起头更加大声地歌唱:

"友谊地久天长……"

曲终人未散。全场响起了"耶——"的欢呼声,大家欢笑、热情击掌。望着老人们一张张爽朗欢快的笑脸,来栖热泪盈眶——这一年、这一遇和这份炽爱,真的就这么结束了……